百年雅阕

模 著

上海文艺出版社
Shanghai Literature & Art Publishing House

图书在版编目（CIP）数据

耆年雅阕 / 王宏模著 . -- 上海 : 上海文艺出版社 ,2023
ISBN 978-7-5321-8607-5

Ⅰ . ①耆… Ⅱ . ①王… Ⅲ . ①诗词—作品集—中国—当代 Ⅳ . ① I227

中国国家版本馆 CIP 数据核字 (2023) 第 018771 号

发 行 人：毕　胜
策 划 人：杨　婷
责任编辑：李　平　程方洁
封面设计：悟阅文化
图文制作：悟阅文化

书　　名：耆年雅阕
作　　者：王宏模
出　　版：上海世纪出版集团　上海文艺出版社
地　　址：上海市闵行区号景路 159 弄 A 座 2 楼
发　　行：上海文艺出版社发行中心发行
上海市闵行区号景路 159 弄 A 座 2 楼 206 室　201101　www.ewen.co
印　　刷：成都市兴雅致印务有限责任公司
开　　本：880 × 1230　1/32
印　　张：7.75
字　　数：174 千
印　　次：2023 年 1 月第 1 版　2023 年 1 月第 1 次印刷
I S B N：978-7-5321-8607-5
定　　价：78.00 元

写真景物　抒真感情

——读王宏模先生《耆年雅阕》

巴晓芳

王宏模先生的诗作，以前只是在荆楚田园文学社平台上断断续续读到，有些印象。近日收到他的《耆年雅阕》诗词集稿本，大体翻阅之后对他的诗作就有了进一步的认识。

诗人情怀，触目成诗，这是我读《耆年雅阕》后的第一个感觉。《耆年雅阕》分为“诗卷”和“词卷”，体量庞大，内容丰厚。两卷又分别按内容归类，诗卷包括“恩泽咏叹、仙乡触景、学思增益、偶题随和、感时纪岁”5个部分；词卷分为“百年吟诵、扶贫礼赞、大地写怀、楚窗掠影、山水采新、物候入阕、勤读善悟、闲情杂感”8个篇章，从这13个归类的栏目中可以发现，作者写作题材范围十分广泛，举凡涉及时事政治、经济建设、社会生活、田园山水、登临感怀、赠酬应答，等等，涉及面极大，几乎触目成篇。而这些作品，仅仅是从他2019年8月以来两年多时间内创作的作品中选出来的，可以推测，作者几乎每天都有作品产生，可见创作精力之旺盛，创作热情之高、动力之强。

创作热情，创作动力，源自作者具有诗人的情怀，有了诗人的情怀，无论看到什么景物，碰到什么事情，处于什么环境，得知什么情况，往往会触发他的灵感，引起他的创作冲动。比如听闻的众多时事，当然是写作的题目。又比如，农事活动、农村生活、农业产品，作为具有长期农村工作经历的作者，自然少不了对这方面的兴趣。还有时令交替、亲友交往、往来应答、读书思考，也会引发作者的诗兴。至于扶贫等重要的经济社会变迁事件，更是作者重点写作的对象。

生活中处处有诗，只要具有诗人的情怀、诗人的眼光，就会发现、收获。

家乡风味与泥土芳香，是《耆年雅阕》的显著特色。王宏模先生是郧西县人氏，一直在郧西县工作，从农村基层到任县级领导，直到退休。这样的生活与工作经历，自然决定了其家乡郧西这块土地成为他创作的基本素材。在他作品集《仙乡触景》《扶贫礼赞》《山水采新》三个部分中，大量呈现眼前的是山光水色、田园风情。如《大坝河联组巡查十里长堤》《七里沟梅光和艾苑赏鲜》《郧西马头山羊赞》《园丁风采》《关防千顷冷水稻丰收》《鹤冲天·茶农诉说兴业艰》《江城子·光伏扶贫》《满江红·脱贫不忘猛狮人》《淡黄柳·大泥河鲜桃采摘园见闻》……这样的篇目在集中俯拾即是。

写家乡题材的作品，必然具有显著的地方特色。在作者笔下，五龙河、龙潭河、天河、悬鼓山、大坝河、神雾岭、七里沟、大泥河、羊夹路、李家棚……家乡山山水水是那么熟悉，写出来也是生动感人：“谁将银幕挂芳洲？熠熠辉光一眼收。原是五龙同吐练，排山倒海竞风流。”（《龙瀑》）“质疑崖壁惹踌躇，风洗尘侵笔划疏。草篆隶文皆不像，路人笑问是天书？”（《天书》）对当地的地理物产是那么了解，更是如数家珍。如大泥河的蜜桃、七里沟的艾、下营的荷、神雾岭的茶、关防冷水稻，还有本地名产马头羊，等等，在诗人笔下，也是光彩夺目：“皆知山峡水温低，户户争将冷稻迷。隔岁沙沟三叠畈，眼前关铺百层梯。生家散客随车购，远贾囤商上网批。相问常粮何恁俏，只因乡土富含硒。”（《关防千顷冷水稻丰收》）特色水稻一片生机。“雪色风披，朱紫柔唇，目捷耳灵。望额头无角，面如白马；胸前有缀，态若摇铃。越谷攀崖，穿林踏棘，湿野干栏过一生。芳香草，最滋肠暖胃，托体撑形。”（《沁园春·咏郧西马头羊》）笔下的马头羊活灵活现。这样的例子举不胜举。

作为一位长期在地方工作的干部，不仅是当地社会经济发展的建设者，有时还是决策者和推动者，为地方发展付出了心血和汗水，他们对地方取得了每一个成绩，每一点进步，自然会有一种发自内心的自豪感，从而发出由衷的赞美。具有这种经历的作者，写下的作品，一字一句更倾注了亲历者的体温，饱含着对家乡的深情。

拥抱生活，观照当下，这是《耆年雅阕》所展示出的最可贵的精神。“文章合为时而著，歌诗合为事而作”，白居易这一诗学理念，在王宏模先生这里得到了很好的印证。这既是对中国优秀诗歌传统的很好继承，也是一个关注生活、热爱生活的诗人的必然选择。

时下不少诗词作品，很多是吟风弄月，甚至是无病呻吟、情感苍白，或是人云亦云，毫无自我。产生这些现象的一个重要原因，是作者缺乏生活，脱离现实，所以写不出有内容的作品。相反，王先生的《耆年雅阕》则走近了生活，关注了当下，记录了时代。作者直接面对描写对象，大多是身边人、身边事，或是到某地、观某物、看某景，或是针对某件事、某一人物、某一现象而写。这些贴近生活的作品，有现场、有人物、有环境、有观察、有思考，洋溢着鲜活的现实生活气息。如集中占全部作品约三分之二的《仙乡触景》《扶贫礼赞》《大地写怀》《楚窗掠影》《山水采新》等部分作品，都贴近现实，生活气息浓郁，不少作品描写对象是亲眼所见，如“昨宵飘玉絮，沿路步沙沙。村妇背鸡篓，邻翁搡菜车。货鲜街市俏，时误客源差。纵是临风冷，钱多好养家。”（《雪晨赶集》）现场感强，人物形象鲜明、读来亲切感人。有的甚至是亲力亲为，如“清晨寻访坝河西，三五兵头早上堤。明豁详查勘要害，暗危细检辨端倪。心中有预随施策，脑里无防费破题。两岸千田新冷稻，肯教肢体呛污泥？”（《大坝河联组巡查十里长堤》），有环境、有细节，几位认真负责的巡堤人员形象呼之欲出。这类生动、鲜活的作品在作品集中不少，是作品中最有生命力的篇章，如此等等。

抒大胸怀、寄小情调。如果说反映现实生活、记录时代变迁是“大胸怀”的话，王先生作品中《偶题随和》《感时纪岁》《物候入阕》《勤读善悟》《闲情杂感》等内容，相比较也许可归为“小情调”。从这些栏目标题就可以看出，这里面，很多是与亲友的对话，抒发了亲情，传递着友谊；也有个人读书、思考之后的感悟；还有一些感时抒怀、因物寄兴的内容。“大胸怀”的作品写实性、叙事性更强一些，与现实世界联系更紧密一些；而“小情调”的作品则抒情性明显一些，自我反思、感悟、关照内心世界等精神层面的东西更多一些。然而，不管大胸怀还是小情调，作品所描写的对象、表达的思想、抒发的情感都是真实的，笔调是自然流畅的，从而产生较强的艺术感染力。

王国维认为“词以境界为最上”。而境界，“非独谓景物也。喜怒哀乐，亦人心中之一境界。故能写真景物、真感情者，谓之有境界。否则谓之无境界。”王宏模先生写的是真景物、抒发的是真感情，其作品自然是有境界的。

壬寅谷雨于武昌东湖之滨

（作者系湖北日报传媒集团高级记者，中华诗词学会理事，荆楚田园文学社执行社长，湖北省中华诗词学会副会长兼秘书长。）

一腔诚挚赋乡梓

——读王宏模先生《耆年雅阕》

余功辉

与王宏模先生相识，缘于一次诗会。2019年中秋前夕，郧西县诗词学会举办“天河水乡·中秋诗会”，邀请我参加。作为该县诗词学会名誉会长、具有一定声望的退休老领导，王宏模先生的沉稳练达、平易近人给我留下了深刻印象。时值他第二部诗集《山水撷英》即将付梓，请我题诗。我不惮浅陋，作了一首《读王宏模先生〈山水撷英〉感赋》相赠：

毕生奔走在田间，最晓乡人苦与艰。
满眼风光牵国事，一腔劳戚系郧关。
新诗解却牛郎恨，妙语催欢织女颜。
几度吟哦难掩卷，让人追忆白香山。

自此以后，我与王宏模先生多次一起采风，互有唱和。他谦逊的学习态度，对诗词创作精益求精、孜孜不倦的追求，更让我由衷敬仰。

今年三月，王宏模先生又致电给我，言其第三部诗集《耆年雅阕》行将出版，要我写几句话。我虽感力不从心，但盛情难却。借此机会，谈谈自己的看法。

《耆年雅阕》重点收录了王宏模先生2019年8月至今创作的诗词作品400多首。单从数量上看，绝对堪称大家中的佼佼者。青年时代的王宏模即酷爱诗词创作，从工作岗位退下来以后，更是乐在其中，他曾写："退休偏一爱，读写未离诗……不图名与利，何怅赚和亏。"在他的心中，举凡国家大事、山水名胜、田园趣事、朋友交往、节候更迭、阅读思考等见闻和经历的所有物事，皆可用诗的思维、诗的语言、诗的意象作诗意的抒写表达。在当今这个急功近利、充满烦躁和焦虑的时代，能保持一种淡定而纯净的心态潜心诗词创作，这需要的恐怕不仅仅是热爱，更是一种人格的修为。

什么是"诗"？提出这一问题，是基于一些人对诗的本质认识有偏差。近年来，随着"复兴国学"的兴起，汇入诗词创作洪流的队伍不断扩大。然而，"诗"，在一些人眼里，已经沦为一种附庸风雅、沽名钓誉的工具：标语式的题目，口号式的语言，无病呻吟的呼喊，产生了不少的创作垃圾，损害了"诗"的文体形象。诗是高雅的文学形式，从《尚书·尧典》提出的"诗言志，歌永言，声依永，律和声"，到唐代白居易主张的"文章合为时而著，歌诗合为事而作"，再到清代刘熙载总结的"诗者，天地之心；诗者，民之性情"，两千多年的理论探讨和创作实践表明：诗应该是一种合乎声律、缘情言志的文学体裁。缘情言志，是诗词创作必须遵循的宗旨。

王宏模先生是深得诗词创作旨趣的诗人。从一个普通的农家子弟，成长为一名受人尊敬的领导干部，几十年来，他为郧西家乡的建设事业倾注了心血，对家乡的发展变化有着深切的体验，对亲人、朋友、师长和乡亲的支持也怀着深深的感念。所以，对国家和师长的感恩之情、对山水田园美景的愉悦之情、对灾难的忧虑和对受灾群众的怜悯之情、对亲人朋友的真挚之情成为贯穿《耆年雅阕》创作的主线。

今又担承天下责，应教广土尽丰肥。

——《心感敬献党的百年诞辰》

我尊千世楷，国敬万夫雄。
使命长相守，宣言未折中。

——《致敬二十九位“七一”勋章获得者》

岁迈还当多尽力，岂教英烈不安眠？

——《听史寄怀》

若无母乳常滋护，哪有今天自在身！

——《我和祖国共佳辰（替爱妻作）》

建党百年，歌唱祖国，这是当代诗词家在创作中绕不过去的大题材，处理不好，很容易复制空洞的政治口号。但他表达的是真情实感，是发自肺腑的赤诚袒露，毫无矫揉扭捏之态。更可贵者，他在感情的抒发当中，常常自省自警，表达了高尚的人格追求，让人钦佩。

入党非虚耍，作仪表、终身无假。切莫甜言嘴中挂，面镰锤，梦当宵，该不怕。

——《夜游宫·忆入党介绍人那宵谈话》

人常气味相投，既信党，当抛得失忧。处民需国急，挺身而出；蝇私蜗利，何必缠纠。不改初衷，深知使命，岂让箴言付水流！

——《沁园春·麦秋入党宣誓回搜》

诗的气质，如同人的品质。诚如他的同事好友王太宁评价的那样，“宏模诗如其人”，重在表情达意，通篇闪烁着

"质朴"二字。品味其诗，想其为人，总能给人一种"愈交愈深，愈长愈珍，愈品愈真"的快意。（见王太宁《天河那片云》序二：《难忘那片云》）

真挚的情感来自生活的真实体验，来自对生活的热爱。王宏模先生长期从事农业农村工作，在工作中，与农民建立了朴素而深厚的感情，正如他在《〈山水撷英〉自序·行吟山水总怡情》中说的那样，"对看到、听到、感触到的东西，总想记录下来让更多的人知道，让更多的人分享，让更多的人快乐。"正是这种"坚持以日志的方式，记录采集心迹"的抒写，使他创作的题材非常"接地气"，抒发的情感总能与他生活的土地和这片土地上的农民的所思所想融为一体，闪耀着体农、悯农、惜农的人性光辉。这一点，在他的《物候入阕》及多篇以农村为题材的作品中有着充分的显现。有些诗句即使是不加雕饰，信手拈来，也能让人在品读中如沐春风，如饮甘醇。

假若铧犁还恋我，稀龄依旧作耕牛。

——《高秋沉思》

家有殷康计，贫穷不叩门。

——《春分喜接雷雨》

尤要提防疾雨，沱子猛、掀岸淹城。施为者，休把异候看轻。

——《凤凰台上忆吹箫·立秋》

我历来主张古诗词创作，特别是格律诗词的创作必须要树立"三心二意"的观念。"三心"即敬畏之心、好奇之心、探究之心。“二意”即情意和意境。所谓“敬畏之心”，是因为这一文学体裁有严格的格律要求。“格律”是创作格律诗词必须遵循的“法度”。这个“法度”犹如体育比赛的“规则”一样，不遵守规则，就没有参赛的资格。格律诗词创作亦如此。有敬畏之心，才能用心去学习探究，才能严格按规范的“法度”要求创作有内涵、有意境的佳作。这是格律诗词之所以被历代文人尊为文学典范，且历经千百年仍然流传不朽的原因所在，也是格律诗词的魅力所在。苏轼的《念奴娇·赤壁怀古》虽是千古传诵的名篇，但因为不遵格律，不仅被李清照讥讽为“句读不齐之诗”，也为历代评论家所诟病。遵守格律，既是对这一特殊文体的尊重，也是技艺修养的专业要求。王宏模先生正是一位勤于学习、善于探究的诗词家，通读《耆年雅阕》，与他原先出版的《山水撷英》《天河那片云》相比，无论是绝句、律诗，还是词，其格律愈加精进熟练，体物愈加细腻，炼意愈加深厚，“诗味”也愈加隽永。特别是一些咏物的绝句，借物抒怀，寄意深远，耐人寻味。

叶老茎干若病骸，蓬空子落渐沉埋。
唯将厚望移根底，来岁看谁可等侪。

——《池藕》

丛间耀眼气轩昂，日暖暝寒岂感伤？
纵使西风摧折骨，仍留上祖一丝黄。

——《野菊》

《耆年雅阕》无疑是王宏模先生丰衮的诗词创作中又一座瑰丽的里程碑。其作品所展露的积极的人生态度和社会责任感，对家乡山水自然和现实生活的倾情礼赞，不仅为自己营造了一座绚丽的精神家园，也为后学者缔造了一幅人生经验的大美之境，让人在阅读中尽情地追寻与向往。

最后，还是借用宏模先生的“行吟山水总怡情”，以一首小诗作为本文的结尾吧。

雅阕长歌伴远征，行吟山水总怡情。
一腔诚挚赋乡梓，百姓争传老凤声。

2022年4月17日

（作者系十堰市广播电视台主任编辑、湖北省中华诗词学会常务理事、十堰市诗词学会常务副会长。）

一部富有特色的诗词新作

——读王宏模先生诗词集《耆年雅阕》

王学范

我与宏模先生相识时间并不长，2020年11月15日，应鄠西诗词学会邀请到河夹镇来家河扶贫光伏电站采风。初次见面，可称是因诗词结缘了。从那以后，经常读到他在报刊、微刊上发表的诗词，并且得知他已出版了两部诗词集。一位学农而又长期从事农业农村工作的老同志，对诗词如此热爱，且有如此成就，自然是令我肃然起敬了。最近，他的第三部诗词集《耆年雅阕》整理成册，即将付梓，送我一本，因而有幸读到他更多诗词作品。读《耆年雅阕》，如沐浴在百里春风里，到处是花团锦簇，风光无限，让人应接不暇。一气读完，意犹未尽，竟想不揣浅陋，写几句读后心得，以恭贺他的新作面世。纵观宏模先生的《耆年雅阕》，我以为有以下几个显著特点：

一、《耆年雅阕》涌动着一颗炽热的诗心。

古罗马哲人西塞罗曾说："一个人如果没有心灵的火花，没有一种近似狂热的气质，他是不能成为一个优秀诗人的。"宏模先生正是那种富有心灵火花、近似狂热气质的人。我读《耆年雅阕》，首先令我感动的是，整个集子涌动着一颗炽热的诗心，因此，他能从大自然的一山一水、一草一木、一片落叶、一朵浪花中感受到生命的力量，感受到大自然的无限魅力；从人的一颦一笑、一举一动、一段经历、一个故事中体验到人生的沉浮、世态的炎凉、情感的浓淡。他把这种感受与体验熔铸于诗词，加上他数十年来对诗词艺术的刻苦修炼，自然就成为十分精彩、感人至深的作品。从数量方面来看，这本集子收录他两年多来诗词作品400余首，每年平均200余首，加上他前几年已出的两本集子，总数超过1000余首，创作之丰赡是十堰诗词界少见的，没有对诗词的挚爱之心是不可想象的。从题材方面来看，大到建党100周年、航天工程、扶贫攻坚、乡村振兴，小到郧西景点、乡村新貌、同事生日、孙女趣事、亲人病逝等，都经他那涌动的诗心一一过滤，形成优美的诗篇，呈现在我们面前。从体裁方面看，诗中的绝句、律诗、古风，均有数量可观的作品，且不乏佳作；他尤其擅长填词，词中的小令、中调、长调悉数拈来，为我所用。甚至一些不常见的词牌，诸如《侍香金童 》《意难忘》《握金钗》《祭天神》《二色宫桃》《一七令》《兀令》等，一入他的诗心，便产生出不同凡响的佳构。由此可见，他对于词的钟爱较之于诗更是达到了一种无以复加的狂热程度。

二、《耆年雅阕》充溢着真挚而强烈的情感。

诗词本来就是为抒情言志而产生的文学样式。《毛诗序》曰："诗者，志之所之也。在心为志，发言为诗。情动于中而形于言，言之不足，故嗟叹之，嗟叹之不足，故永歌之，永歌之不足，不知手之舞之，足之蹈之也。"这段论述深刻地阐明了情与诗的关系，只有在人们胸中有真挚而强烈的情感需要抒发时才会诉之于诗。可见情感是诗词产生的基础，而优秀的诗词作品，必然蕴含着强烈而真挚的情感。我读《耆年雅阕》，常常为集子中浓浓深情所感染。

一是拳拳爱党爱国情。这是全集诗人情感抒发的主线，而在《诗卷·恩泽咏叹》和《词卷·百年吟诵》中表现得尤为突出。在中国共产党百年华诞之际，他用一首七律向党献上一片真情。《心感敬献党的百年诞辰》："百年大党九寰稀，成亿先锋旷世威。马列仰为匡国帜，镰锤敬作济民徽。一船约誓常惇守，几代诺言谁敢违！今又担承天下责，应教广土尽丰肥。"对党的挚爱，对党的光辉历程和丰功伟绩的赞颂，对美好明天的憧憬都在字里行间跳动着。另一首七律《收看〈建党百年庆典〉寄怀》："聆听讲话泪盈盈，思绪一时怎放平？百载中华颐大党，无垠疆土出群英。人民至上丹田语，全面小康肺腑声。年少岁耆皆历历，有谁不说你真行。"读了这首诗，仿佛把我们拉回到天安门广场举行建党百年庆典的庄严时刻，我们仿佛听到了诗人那怦怦跳动的心，仿佛看到了诗人那滚滚流淌的泪。《鹧鸪天·扶贫纪事》："八载扶贫捷报传，济穷宏梦果真圆。两愁自此消踪影，三保如期兑诺言。殷富地，小康天，唯于中国有机缘。殊方奇策温情尽，未让苍生再受寒。"全面完成脱贫攻坚任务，是党和国家重大的民生战略目标。当这一目标实现时，诗人以这首《鹧鸪天》来表达难以抑制的喜悦心情，其中"殷富地，小康天，唯于中国有机缘"更是代表着十四亿人民的共同心声：只有中国共产党领导下的社会主义新中国才能完成如此艰巨的任务，才能实现如此宏伟的目标。

二是深深的家乡梓里情。对家乡梓里的恋情，是中华诗词永恒的主题。在《耆年雅阕》这部集子里，同样也贯穿着这种情感的抒发。在全集400余首诗词中，这类作品占了一半以上。家乡的一山一水，一草一木，诸行诸业，诸人诸事，诗人都以他那生花的妙笔描绘、歌咏、赞美，可见他对家乡梓里的一往情深。如《五龙河异景》《龙潭河探秘》《鹊桥仙·七夕新说》《九张机·天河集锦》《沁园春·登悬鼓山感怀》等作品，洋溢着诗人对家乡美好山川的无限热爱。《七里沟梅光和艾苑赏鲜》《郧西马头山羊赞》《西江月·神雾岭毛尖》《南歌子·佛山翠峰》等，赞美郧西闻名全国的精美特产，自豪之情跃然纸上。《嬗变六郎》《产业振兴看安家》《关防千顷冷水稻丰收》等篇章，则深刻地反映了郧西乡村正在发生的翻天覆地的变化，欣喜之心呼之欲出。可以毫不夸张地说，宏模先生是一个忠实的家乡梓里歌咏者，他的诗歌作品总是在书写自己对家乡刻骨铭心的眷恋之情，他总是以诗词的形式为家乡鼓与呼，永不停歇地为家乡做着广告。

三是浓浓的亲情与友情。读《耆年雅阕》这部集子，我也常常被作品中蕴含的真挚而深切的亲情和友情所打动。《父亲百年诞辰寄》《祭天神·忆母亲》数首，寄托着做儿子的对父母的无限敬仰和不尽思念。《千秋岁·结婚四十年兴怀》抒夫妻相濡以沫、琴瑟和鸣之情，令人欣羡。《诉衷情·孙女烫伤小记》自责己过，痛爱孙女之情感人肺腑。《秋蕊香引·悼黄新翠女士》《醉春风·怀念昌友》诸首，吊唁邻居、同事、好友之作情深意切，催人泪下。鲁迅先生在《答客诮》诗中咏叹："无情未必真豪杰，怜子如何不丈夫？"正是由于《耆年雅阕》集子中这些浓浓亲情与友情的真实再现，让我们真正认识了一位情感丰富、有血有肉的宏模先生。

三、《耆年雅阕》凸显出鲜明的艺术特色。

一部成熟的有价值的文学作品，往往都有它有别于他作的鲜明特点、特色，而《耆年雅阕》正是这样一部作品。给我感受最深的是它的地域特色和语言风格。

从地域特色方面看，作者是地地道道的郧西人，他生于斯，长于斯，生活于斯，工作于斯，可以说，郧西的山山水水都留下了他生活与工作的印记。他了解郧西，热爱郧西，更愿意成为郧西的一位歌咏者。因此，集子中的绝大多数诗词都取材于郧西，描写的是郧西的山水景物，歌唱的是郧西的县容县貌，记录的是郧西的人物事件，咏叹的是郧西的风土人情，抒发的是对郧西深深的永不枯竭的爱。这就使他的诗词集深深地打上了郧西烙印，形成了独树一帜的郧西地域特色。

从语言风格方面看，《耆年雅阕》诗词集的语言具有平易通俗、质朴无华、不事雕琢却又富有表现力的特点。我们不妨读一读他的几首词作。

《千秋岁·明前观剧感怀兼寄母亲》："静听天籁，名叫《妈妈在》。词贴切，音轻快。哼歌形影出，揣意存疑解。刚吟罢，身旁顿觉慈容再。处事平常态，委屈能禁耐。何困苦，均无碍。齐家人起敬，化结邻崇拜。还须问，儿孙有你多光彩！"词抒写的全是对母亲的怀念与赞美，这里没有华丽的辞藻，没有丝毫的雕琢，全以平常语入词，但却把母亲的德行品质、智慧能耐突出地彰显出来。尤其是结句"还须问，儿孙有你多光彩！"更具有强烈的表现力，对母亲的敬仰、以母亲为自豪的情感得到了淋漓尽致的表达。这样接地气的语言在集子里比比皆是，可以说已经成为宏模先生诗词的独特语言风格。

以上是我读这本集子的一点感受。其实，这本集子在许多方面都值得我们学习研究，囿于个人的学养，我这里谈及的几点也恐怕是挂一漏万，至于其他方面，还有待方家去深入开掘。

宏模先生是善于学习、刻苦勤奋、多产优产、富有探索精神的诗人词人，我真诚地祝愿他诗心不老，诗篇常新，热情地期待他有更多更精彩的诗词作品呈现给读者。

2022年4月18日

（作者系十堰市教育局原副局长、十堰广播电视大学原党委书记、十堰市楹联学会会长。）

丰采人生的诗意表达

——读王宏模诗集《耆年雅阕》

严永金

锦绣胸怀笔立椽，时将心事付吟笺。
天河云影孤山月，种入诗田便郁然。

这是我与王宏模先生初识不久写给他的赠诗。三年前，我与王宏模先生初次谋面，同时谋得他的第二本诗集《山水撷英》书稿。那是郧西县诗词学会邀请我和十堰市诗词学会的几位同好到郧西采风，《山水撷英》刚刚编辑脱稿。拿到书稿后，读着读着，不觉心动手痒，写下了《致王宏模吟长三绝句》，这是其三。

兴观群怨是中国古典诗歌的传统基因，抒情言志、传文载道，是中国古典诗歌的传统；直抒胸臆、纯洁质朴，是中国古典诗歌的传统；用意象说话，追求含蓄蕴藉、优美典雅，也是中国古典诗歌的传统。这些传统或规则，千百年来，一直被遵循和发扬。王宏模的诗，诗性和情怀兼具，且以情怀为重，从未放弃诗歌传统。他用诗意的表述，丰富了并丰富着他的丰采人生。

一

王宏模的诗词，散发着浓郁的文人气息和家国情怀。

林语堂说："所言是真知灼见的话，所见是高人一等之理，所写是优美动人的文。独往独来，存真保诚，有气骨，有识见，有操守，这样的文人是做得的。”林语堂的这种见解，在王宏模身上得到了很好的体现。王宏模诗中的文人气息，不是自命清高、孤芳自赏，也不是遗世独立、泽畔行吟，更不是超然物外、山林隐逸，而是修齐治平、入世有为，是讽时喻世、体政恤民，是推陈出新、独持创见。

王宏模的文人情怀，来自他的勤奋好学。且看他的《读书日随想》：

千古诗书总励人，儒贤何者不求真。
孔丘读易绳翻断，子任研资句逐甄。
笔秀常温诗圣语，气华应向子瞻询。
勤劬颐养书香趣，岂虑生无得意春?

再看他的《夜读》：

连宵伴我似孺人，冷暖忧欢总贴心。
注目轻翻三两页，倾颅难觅半丁尘。
云开日出豁然亮，雪化冰融顿觉新。
想问围城迷恋主，可知入卷即游春?

荀子《劝学》云：“君子之学也，入乎耳，着乎心，布乎四体，形乎动静。”大意是说，君子学习，是听在耳里，记在心里，表现在威仪的举止和符合礼仪的行动上。一举一动，哪怕是极细微的言行，都可以垂范于人。王宏模以“朝闻道，夕死可矣”的精神孜孜以求，实现了知识积累和文化修养的厚实基础形成，也实现了文质彬彬、温润如玉的文人气质人设。

王宏模的文人情怀，来自他的清廉自守、谦和自律。

2019年9月，王宏模写下《绝句闲吟（五首）》，分别名之为自忧、自责、自律、自觉、自谦。其四《自觉》、其五《自谦》集中体现了他忍让自持、坦荡如砥、虚怀若谷、日省日新的处世态度和人生追求：

为君常自省，做事必三斟。
力弱休承重，言轻少劝人。

依情山在上，惬意事阴坤。
力戒骄和满，前途日日新。

王宏模的文人情怀，来自他对诗意表达的情有独钟和对诗词创作的长期坚持。早在1978年，20岁的他就在繁忙的工作之余开始诗词创作，从而逐步确立了官员和文人双重自我心理认同。四十多年来，王宏模秉笔勤书，笔耕不辍，创作了数千首诗词，结集出版了三部诗集，汇集了一千余首诗词作品。文如其人，作品最能反映作者的思想感情和精神气质。从这首《鹧鸪天·元宵有寄》可以显见王宏模的生活状态和创作态度，庶几就是传统文人的化身。

半月蜗居笔未停，时常触网露峥嵘。寒晨费押《晴偏好》，湿夜难填《醉太平》。

词守律，韵依声，清歌雅唱鉴真情。但凡觅得心仪句，便与同侪晒小成。

而下面这首《龙日有感》，则俨然诗人的心态和做派。

抬头闻鹊长精神，仿佛还吾自在身。
吟赋读经斟妙句，思今怀古感骚人。
露花倒影痴情柳，山抹微云得意秦。
入境从来偏慧眼，留心便有四时春。

家国情怀，让王宏模关心国家大事，胸怀民生冷暖，与国家民族休戚与共，与人民百姓心心相印，有诗为证。

《人日听雪闻喜》：

新瑞纷纷又压枝，开春应是最寒时。
偶闻巢鹊喳喳语，何见顽童瑟瑟姿。
女足超然赢虎将，男冰未必弃王师。
银屏热载怡情讯，我也拼填遣兴词。

二

宏模的诗词，浸润着深厚的乡土气息和故土深情。

他生于郧西，长于郧西，长期供职于郧西，且长期在农村基层和农业管理部门工作，担任县级领导干部后，又分管农业农村工作，对家乡深知深谙，对农业深耕细作，对农村深情厚谊，他的大部分作品描绘农村景物，记述农事活动，反映农民生活，体恤农民情感，散发出浓厚的乡土气息，表达了深切的故乡情怀。

《乡间春阑》表达对农村生活的热爱和向往：

日暖风柔四月天，偕游绿野亦当然。

叠池子藕林锥举，压岸油枝密角悬。
蚕妇相夸桑叶厚，菜翁自谝紫葱圆。
常待闹市桩桩好，难比偏乡处处鲜。

《高秋沉思》表达对农耕文明的眷恋和深情：

风凉气爽渐金秋，满眼精华喜望收。
半辈劝农殷父老，经年改革润田畴。
乡邻终了脱贫愿，华夏同纾致富忧。
假若铧犁还恋我，稀龄依旧作耕牛。

在王宏模的第一本著作《山乡记忆》自序中，王宏模说："在我快要进入耳顺之年之际执意编著这本书，没有别的目的，只是想让更多的人记住农民这个艰辛的群体，记住农业这个艰苦的行业，记住农村这个富有希望的田野。"在这本书的封底勒口上。王宏模特意写下这样三句话："一生感恩农民，因为他们是我的衣食父母；一生执着农业，因为它是我钟爱的岗位；一生眷恋农村，因为他是我成长的摇篮。"因此，在他的诗中，对乡亲们的关切，对战友们的怀念，对脱贫攻坚工作队的由衷赞许，对天翻地覆风景如画的新农村的眷顾留恋，表达得深情款款，让人动容。分别有诗为证。

《农家心事》模拟农家之口，历数辛勤之功，诉说心中之愿，心怀美好之景，一个脱贫致富、勤劳质朴，对生活充满美好希望的农民形象跃然纸上：

节入清明后，休锄未歇人。
稻畦刚落种，瓜垄又栽新。

抽空剜香蒜，依时采嫩椿。
今年行市好，勤谨不回贫。

《寄怀神雾岭茶场》深情回顾当年主人翁彭承波先生在神雾岭茶场带领工友、知青战天斗地的历历往事、美好情谊，推想他们重逢团聚、谋划未来的万丈豪情。情真意切，感人至深：

云山雾岭几多年，教我何时不挂牵。
工友相撑如舍弟，知青互济若帆船。
恒心挣得农家富，巧手赢来场梦圆。
更喜群才今又聚，无猜定是拟新篇。

《喝火令·故院群聊扶贫工作队》写扶贫工作队心系山村，对贫困户"顾念如儿女，帮扶胜至亲"，不辞劳苦，倾心帮扶，桩桩件件，数不胜数，却不是工作队员在自我表功，而是贫困户在动情称颂。

顾念如儿女，帮扶胜至亲。此生难遇实诚人。风蚀雨侵无息，心系后山村。

雪夜寒庐走，晴晨暖室蹲。两消三保恤穷身。劝我兴茶，劝我种香椿。劝我黑猪多喂，不再守清贫！

《诉衷情·丰润何家湾》反映何家湾的变迁。山高人远、飞鸟难至的穷山恶水，变成花飞泉洌、身养家齐的美丽家园，让人欣喜流连。如果不是对家乡山水和人民的深切热爱，断难有这样的感受和笔触。

青龙白虎自成圆，环顾鸟难穿。图勾太极知何意，更嵌数层田？

花绕水，石流泉，润年年。人钦身养，客慕家齐，怎不留连！

同时我们还看到，由于长期涉足乡野，行走民间，加之谦和厚朴、亲民爱民，王宏模汲取了鲜活生动的民间语言，其诗词用语大多质朴无华、真诚纯粹，同时又生动形象、幽默讥诮。这既是王诗的一大特色，也是其诗乡土气息的另一种体现。

三

王宏模的诗词，洋溢着浓烈的烟火气息和亲情友情。

极简主义也好，轻奢主义也好，佛系状态也罢，都是可以选择的生活方式，因人而异，因时而别，构成丰富多彩的人生百态。但上溯千年，考其归宗，烟火气，才是中国人最好的生活方式。

春种夏耘，秋收冬藏，四时烟火，行诸笔端，便有了浓烈的生活气息和烟火味道。在阅读王宏模的诗词作品时，我们随时可以感受到浓郁的烟火气息，这样一种烟火气息，有时会弥漫周身。

偏狭陈家院，年根也恁忙。
檐前猪伏案，屋后犊开膛。
姑嫂陪葱客，爷孙逗米商。
中厅排剪纸，幅幅感殷康。

这是一首题为《村落忙年》的五律，通过杀猪宰羊、买菜买米、剪纸贴画等场景的快进式展现，尺幅之间，将农村春节将近，男女老少置办年货、准备迎接新年时的忙碌和喜悦，以及由此而映射出来的殷实幸福生活，表现得淋漓尽致，呈现出一幅烟火人间、惬意生活的生动画面。这样的作品，在王宏模的全部创作中占比很大；这类题材，也是王宏模最能驾驭的方面。又如《雪晨赶集》：

昨宵飘玉絮，沿路步沙沙。
村妇背鸡篓，邻翁搡菜车。
货鲜街市俏，时误客源差。
纵是临风冷，钱多好养家。

诗中描绘了农民群众雪天赶早集的情景和心情：推着菜车、背着鸡篓，急速地走过沙沙作响的雪地；心里想着"货鲜街市俏，时误客源差。纵是临风冷，钱多好养家。"辛勤的奔波，平淡的生活。生活的理想和理想的生活，都是那么简单纯朴。

阅读王宏模的诗词，亲情友情扑面而来。他的相当一部分作品，抒发对故去亲人的怀念，对身边亲友的赞许，对兄弟姐妹的关爱。父母兄妹、文朋诗友、花甲小弟、八旬学哥、青年才俊、乡党发小，都是他关注和倾诉的对象。

父亲百年诞辰，他说：

昨夜江城久未眠，复将老父诞辰牵。
岁逢己未知明达，节遇寒衣励品端。
委曲羔羊没气馁，开诚挚友岂思迁？

农耕一世无他愿，唯望儿孙有福田。

（《父亲百年诞辰寄》）

母亲百年诞辰，他说：

漫天飞雪，姊妹重相结。跪对严慈生悲咽，心语依然真切。

一辈茹苦含辛，整天虔恪精勤。企盼家和事顺，于今唯记深恩。

（《清平乐·雪日为母亲百年诞辰施祭》）

不仅如此，他在另外一首词作《兰陵王·梦寄家父百年诞辰》中直抒胸臆：“叹溘然长逝，千新难顾。而今相念，怎忍得，梦里哭。”

他的一位好友五十余岁英年早逝，他用一首词《醉春风·怀念昌友》表达深切的悼念。词的下阕如是说：“故里官风秀，农校师德厚。小城知你寸心仁，仆，仆，仆。毛獭南峰，六郎关垭，为君垂首。”

2021年九月初三，他写了一首《鹧鸪天·致建桥六十四岁生日》，建桥是他的夫人。时隔四天，他又写了一首词《千秋岁·结婚四十年兴怀》。对夫人的情，对家庭的爱，用这样的密度填词，足可说明一切。

此外，王宏模的诗词还弥漫着强烈的正义之气和悲悯情怀。

王宏模关心民生时政，遇事“如蝇在食，吐之方快”。这种个性与他的文人气质密切相关。

他的一些诗既有对丑恶现象的极度愤慨，又有对悲苦群众的深切同情，愤懑之状呼之欲出，悲悯之情溢于言表。从中可以窥见王宏模忧国忧民的人文情怀，家国一体的政治理想，济世为民的官员形象，推己及人的文人气度。

行文至此，又想起了我写给王宏模先生的诗《致王宏模吟长三绝句》，自我感觉和王宏模先生的人生经历、精神气度具有某种程度的契合，一并奉献并求教。

《致王宏模吟长三绝句》其一：但谋担负不谋身，桑梓情怀每至真。长策常新施美政，披肝沥胆为斯民。其二：心高趣雅总超尘，枝老花繁再度春。笔底风烟家国事，清词丽句作诗人。

2022年4月30日

（作者系湖北工业职业技术学院副院长、副教授，十堰广播电视大学党委书记。）

黄家喜（中国书法『兰亭奖』得主、十堰市书法家协会会长）

鷓鴣天 楚窻耀紅霞

王宏模詞

往日深山一小丫如今業界顯才華爭刊網報堪嫻手風影雲圖若大家觀拂曉寫西斜天河故事頂呱呱亦師亦友人欽敬怎不專心將妳誇

壬寅春月黃家喜書

李富聪（山东舒同书画研究院理事）

一輩懸壺聲名遠城鄉稱绝多少次晝無閑霧夜每安歇昇降浮沉尋病理望聞问切查症结盡實辨巧拟适心湯諸忧灭身雖老仍善擷今古粹祥甄别悟時珍本草華佗神貼争艳微方能治瘧呦呦蒿素當消熱醫者仁好藪濟蒼生千家悦

錄王宏根先生满江红致敬老中醫一首 歲在壬寅仲春李富聪

目录

CONTENTS

诗卷

第一篇　恩泽咏叹

第二篇　仙乡触景

第三篇 学思增益

第四篇　偶题随和

第五篇　感时纪岁

词卷

第一篇　百年吟诵

第二篇　扶贫礼赞

第三篇　大地写怀

第四篇　楚窗掠影

第五篇　山水采新

第六篇　物候入阕

第七篇　勤读善悟

第八篇　闲情杂感

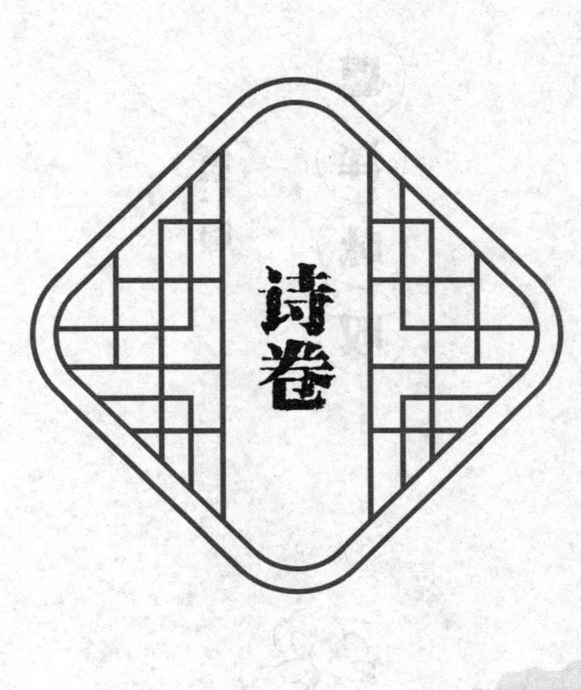

诗卷

第一篇

恩泽咏叹

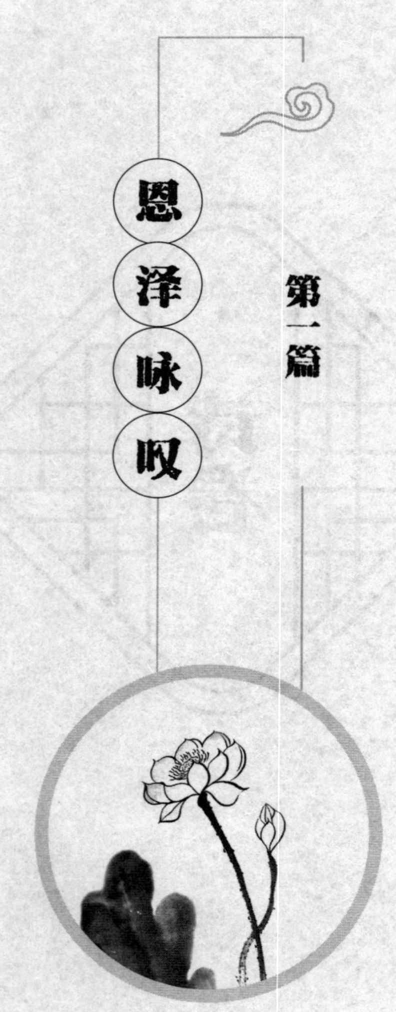

心感敬献党的百年诞辰

百年大党九寰稀，成亿先锋旷世威。
马列仰为匡国帜，镰锤敬作济民徽。
一船约誓常惇守，几代诺言谁敢违！
今又担承天下责，应教广土尽丰肥。

2021.7.1 于郧西

收看《建党百年庆典》寄怀

聆听讲话泪盈盈，思绪一时怎放平？
百载中华颐大党，无垠疆土出群英。
人民至上丹田语，全面小康肺腑声。
年少岁耆皆历历，有谁不说你真行。

2021.7.1 于郧西

江修荣老人捧奖兴怀

【序】正值庆贺祖国70华诞时刻，郧西县香口乡上香口村89岁高龄的江修荣老人收到庆祝中华人民共和国成立70周年纪念章。他抚摸着金光灿灿的纪念章，忍不住潸然泪下，随即急切地与身边人员述说起亲身经历的取豫东、夺陕南、战淮海、赴朝鲜的惊人景况，由衷感激党和国家给予他的崇高荣誉。笔者感动之极，特以拙诗相忆。

人钦吾幸运，耄耋获勋章。
遥忆重翻起，追思又激扬。
眼前烟火没，耳后杀嘶狂。
策马擒明匪，施戈夺暗枪。
飞山拿宛邑①，背水破襄阳。
踏雪拼淮海，临风守绿江②。
千惊何退却，万险未彷徨。
热血看家国，终身受宠光。

2019.10.9 于郧西

【注释】

①宛邑，指今河南省南阳市，古有“宛”之称。

②绿江，指鸭绿江，中国与朝鲜的界河。

致敬二十九位“七一”勋章获得者

七一勋章佩，荣名若岱崇。
我尊千世楷，国敬万夫雄。
使命长相守，宣言未折中。
潜心操本业，只为党旗红。

2021.6.29 于郧西

痛悼杂交水稻之父袁隆平先生

【序】今先闻西南数处地震，忧恐叠叠，不料午时过又闻杂交水稻之父袁隆平先生辞世，悲痛万分！

一日连三震，教人暗自惊。
云天遗巨匠，大地失隆平。
众庶哀哀哭，新秧苦苦萦。
满怀难舍意，此际对谁倾？

2021.5.22 于郧西

听史寄怀

又逢雨后艳阳天，退老相围赤帜前。
竖耳倾听惊世史，静心回顾富民缘。
版图触处存殷血，儿女匡时挺铁肩。
岁迈还当多尽力，岂教英烈不安眠？

2021.4.8 于郧西

致贺《百年诗征》

一卷诗征若惠风，吹将楚角暖融融。
莘莘儒者抒时志，脉脉贤能表寸衷。

畅赋幸来尧舜世，醉吟常驻汉唐宫。
鸿篇巨制谁筹划？自是车城大岳公。

2021.11.19 于郧西

黄琦[1]博士的仿生手

罕见回天手，助残好逼真。
伸蜷关节活，协动指间神。
执笔无难字，弹琴有上宾。
义肢生大夏，创者是何人？

2022.3.10 于郧西

【注释】

①黄琦，郧西县香口乡人，本科就读于华中科技大学，哈尔滨工业大学博士研究生，他和团队创造的智能义肢，使许多失手者回归幸福生活。

我和祖国共佳辰（替爱妻作）

六十二年逢一喜，吾和祖国共佳辰。
妈妈荣庆随心岁，小女腾欢逾甲春。
饶富东方华夏福，持勤陋室阖家珍。
若无母乳常滋护，哪有今天自在身！

2019.10.1 于武昌

父亲百年诞辰寄

昨夜江城久未眠，复将老父诞辰牵。
岁逢己未①知明达，节遇寒衣②励品端。
委曲羔羊没气馁，开诚挚友岂思迁？
农耕一世无他愿，唯望儿孙有福田。

2019年农历十月初一于武昌

【注释】

①己未，1919年为己未年，是父亲出生年。

②寒衣，长江以北地区称每年农历十月初一为寒衣节，每逢此时有为冥者送寒衣、为家人备寒衣的习俗。这天亦是父亲生日。

第二篇

仙乡触景

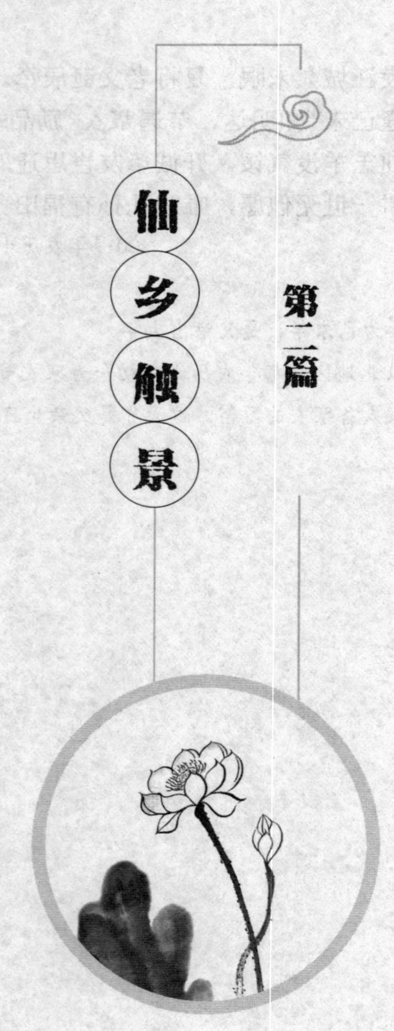

五龙河异景（五首）

梅园

亦感梅园画境幽，遮天翠叶压枝头。
乍听鸣唱林梢晃，滴滴残阳满地丢。

湖榭

轻舟绿影映长湖，手捧晶波逗野凫。
不觉移身黄竹榭，听歌看戏品春蔬。

龙瀑

谁将银幕挂芳洲？熠熠辉光一眼收。
原是五龙同吐练，排山倒海竞风流。

天书

质疑崖壁惹踌躇，风洗尘侵笔划疏。
草篆隶文皆不像，路人笑问是天书？

槐菜

凉拌槐花落桌盘，客人抻箸复相看。
碧中嵌玉清香味，一霎工夫哪觅残？

2021.4.24 于郧西

次韵余会长《天河远眺》

画廊长百里，今日畅心游。
追问撑桥鹊，复听钟女牛。
情深方眷顾，意薄且分头。
尘世几多事，恰如云水流。

2019.8.30 于武昌

附：余功辉先生《天河远眺》

久恋天河水，今随心愿游。
秋光迷织女，夜色唤牵牛。
俯仰惊奇景，归来叹白头。
佳期曾几许，都付大江流。

咏水乡诗会兼步余会长

港湾秋爽夜，歌赋闹华堂。
长短入音律，高低和乐商。
天河新韵阔，仙邑美名扬。
与我诗家乐，教您无悔伤。

2019.8.30 于武昌

附：余功辉先生《题天河水乡诗咏会》

借得天河景，诗吟大雅堂。
宏词描上苑，高曲取宫商。

夜朗秋风劲，时清意气扬。
牛郎当感奋，从此不忧伤。

龟龙山庄二十韵寄谢总

龟龙非俗物，旷古说嘉祥。
礼记夸灵性，汉书论异常。
为官依镜鉴，历帝作黄赏。
鳞介称宗祖，蜥蜡奉寿王。
东郊闻八亩，激奋亦轩昂。
四面青峰锁，中间至宝藏。
峦头朝翠岭，腹尾向雍梁。
虬伏筹来势，鹤旋点未央。
一回新德业，舍我与谁将？
意起怡心苑，图描百寿庄。
先教诸岗绿，再改半坡荒。
篁阵遮环岛，松涛掩画廊。
晚霞铺玉阁，紫拱衬华堂。
铜艺宗宗老，陶文件件苍。
龙雕追陕晋，凤刻溯荆襄。
不尽农耕趣，撩人觅故乡。
散步穿梅径，叙情倚藕塘。
泛舟长坝下，游钓短亭旁。
餐饮归家味，睡眠合意床。
快哉闲适地，岂不寿而康！

2019.12.13 于郧西

咏茶

行行垄绿叠山巅，雾洗云妆四季鲜。
叶茂何愁身个矮，枝繁幸庆主茎圆。
机揉火烤仍存性，杯煮壶烹好结缘。
爽意春眉尊上客，怡情夏剑敬高贤。

2019.11.3于武昌

秋影（五首）

池藕

叶老茎干若病骸，蓬空子落渐沉埋。
唯将厚望移根底，来岁看谁可等侪。

山栌

一抹初暾贴岭爬，满丛赤叶更精华。
风来露脸朝天望，已觉流霜透臂纱。

野菊

丛间耀眼气轩昂，日暖暝寒岂感伤？
纵使西风摧折骨，仍留上祖一丝黄。

落英

飘落残英悔失身，风欺泥掩向谁申？
虽言代谢寻常事，病老尤需守护人。

风柳

摇曳枝条不厌风，谙知乱世历英雄。
临冬尚缺驱寒计，岁始何来一树葱。

2019.10.29 于武昌

村落忙年

偏狭陈家院，年根也恁忙。
檐前猪伏案，屋后犊开膛。
姑嫂陪葱客，爷孙逗米商。
中厅排剪纸，幅幅感殷康。

2021.2.1 于郧西

嬗变六郎（新韵）

春风已入六郎关，万古穷名一笔删。
陌上肥桑能换锦，库中翘嘴可拢钱。
偏村远户通宽路，失地移民拥福田。
殷富一方无假话，铮铮誓约岂空谈！

2021.2.23 于郧西

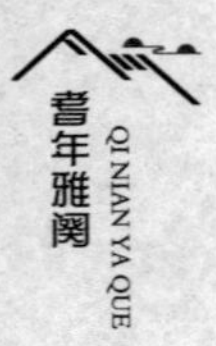

产业振兴看安家

好山好水好安家，省报央媒未漫夸[1]。
叠瀑长河开锦旅，缠云低岭种青茶。
林间石斛声名实，菌屋香芝质量嘉。
产业形成收入稳，振兴关键已牢抓。

2021.9.12 于郧西

【注释】

①“好山好水好安家”语，来自中国作协原副主席陈建功先生发表在《人民日报》上的散文。安家，为全国文明乡镇郧西县安家乡。

雪晨赶集

昨宵飘玉絮，沿路步沙沙。
村妇背鸡篓，邻翁搡菜车。
货鲜街市俏，时误客源差。
纵是临风冷，钱多好养家。

2020.12.7 于郧西

观雪随想

倚窗闲眺望，瑞叶乱纷纷。

涯际遮青黛，当空掩紫云。
田家尊吉兆，城阙揖祥闻。
祈福般般好，何如四体勤。

2020.12.11 于郧西

大坝河联组巡查十里长堤

清晨寻访坝河西，三五兵头早上堤。
明豁详查勘要害，暗危细检辨端倪。
心中有预随施策，脑里无防费破题。
两岸千田新冷稻，肯教肢体呛污泥？

2021.7.3 于郧西

七里沟梅光和艾苑赏鲜

店子金星艾，般般溢妙香。
为茶堪沥胆，入药好清肠。
结伙烦情去，联姻瑞气昂。
天然皆极品，出自老梅庄。

2021.7.3 于郧西

下营赏荷

十里泥河花似海，风姿绰丽竞芳娇。
红苞玉朵天然色，细柱高篷地设标。
蝴蝶来回沾蕊露，蜻蜓踌躇戏芯绡。
持屏熟女移莲步，欲与婷荷共影摇。

2021.7.10于郧西

玫瑰吟

又是人间四月天，春花落尽我仍鲜。
风情万种期君睬，婀娜多姿怕孽缠。
诚意友朋当与醉，负心郎女怎同眠？
惯听婚殿铿锵誓，无爱舍身也枉然。

2021.5.4于王家坪

感念农家书屋

农家书屋好，每读畅胸心。
巧法能肥犊，殊方可饲禽。
疗穷灵药采，致富坦途寻。
难怪人常讲，行间字字金。

2021.5.25于郧西

大泥河蜜桃采摘园

青山环抱净流边，树树蟠桃水色鲜。
面带酡颜犹黛玉，头盘紫髻像貂蝉。
已尝即觉饴心肺，未及情知泛口涎。
攘攘熙熙人接阵，只因香景又田田。

2021.6.4 于郧西

农家心事

节入清明后，休锄未歇人。
稻畦刚落种，瓜垄又栽新。
抽空剜香蒜，依时采嫩椿。
今年行市好，勤谨不回贫。

2021.4.9 于郧西

养蜂谣

养蜂都讲究，得费一番工。
王叠常争位，员多必拆笼。
熏箱陈艾好，割蜜熟方中。
别看空间小，人勤有厚丰。

2021.4.21 于郧西

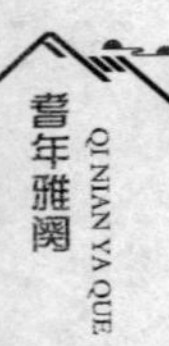

依巴会长[1]《雨访坎子山》韵复说坎子山春景

深壑春阑正着花，拨丛又见竹生芽。
成群黄犊沟槽啃，散只银羔背坳哗。
逸兴添壶苞谷酒，清心倒碗地丁茶。
山高雨夜虽嫌冷，上网还将老魏[2]夸。

2021.4.25 于郧西

【注释】

①巴会长，即巴晓芳先生。

②老魏，即郧西县湖北口回族乡坎子山村党支部书记。

附：巴会长原玉《雨访坎子山》

城中满座落槐花，山上槐花未绽芽。
扑面雾云遮路险，打窗春雨听溪哗。
衣单方羡大棚菜，饭热还添养胃茶。
一席围炉谈稼穑，乡亲蔬果市场夸。

寄怀神雾岭茶场

云山雾岭几多年，教我何时不挂牵。
工友相撑如舍弟，知青互济若帆船。
恒心挣得农家富，巧手赢来场梦圆。
更喜群才今又聚，无猜定是拟新篇。

2021.9.15 于郧西

题兰滩口汉江大桥

一道云衢越汉江，千年隔苦顿消亡。
南迎武当车城客，北送长安帝阙商。
立项使君奔鄂陕，筑桥工匠接墩梁。
时明圆得交通梦，骡马亦该揖景阳。

2021.7.25 于郧西

羊夹路傅家沟照影台

一抹春曦向晓来，秾桃艳李竞相开。
归车往马村前驻，商旅偕游水岸徘。
曲折江流清冽冽，蜿蜒山势壮嵬嵬。
皆知难遇心仪境，乘客争拥照影台。

2021.7.31 于郧西

李家棚有掬清驿

精致小楼刚矗起，即撩饮者聚山隈。
喜迎江碧匆匆过，乐接舟车缓缓来。
如厕洁身身解倦，聊茶爽意意无灰。
长途未感时空寂，稍事消停不快哉？

2021.8.1 于郧西

题郧羊路“长利”①石牌

都夸长利好，岂止久闻名。
史有三重立，今存几复争？
韩非批短视，曼倩劝愚氓②。
不晓玄机处，何尝向远行！

2021.8.2 于郧西

【注释】

①“长利”，古县名，今湖北省郧西县县城朝西南方向，曾于西汉、西晋、隋朝三立三废，自初置至今已有2000余年。

②韩非，指战国时期韩非子，其《韩非子·备内》有“苦民以富贵人，起势以藉人臣，非天下长利也”语；曼倩，即东方朔，其字为曼倩，他的《七谏·初放》中有“王不察其长利兮，卒见弃乎原壄”语。

郧西马头山羊①赞

郧西多宝畜，唯此最和祥。
百载称嘉种，经年作熟行。
安安归食货，教士引驯良。②
衣着通身白，冠颅左右光。
饲宽增重快，性顺应时强。
肉嫩倾焦补，皮柔市价昂。
巧农知趁势，善政晓担纲。

去杂优新族，修栏革旧章。
广培专业户，精树品牌乡。
延接加工链，争开出售坊。
月添三万只，岁富几村庄？
晨候周边客，宵联网络商。
地标名鼎鼎，风格誉泱泱。
一幅民丰画，巍然贴楚窗。

2021.8.17 于郧西

【注释】

①马头山羊，因其头部无角、形似马头，且体格较大、雄健有力、四肢发育匀称、外形近似白马驹而得名，1982年10月被国家正式命名为“马头山羊”。郧西县为该产品原产地，2014年6月“郧西马头山羊肉”获中国地理标志保护产品认证。

②安安，指《兴安府志》第十一卷《山羊安安有之》，其中记载山羊归于“物产食货类”。

园丁风采

灵巧心思自在身，通今博古岂常人？
金枝玉叶多情趣，秀笔常描得意春。

2021.9.15 于郧西

关防千顷冷水稻丰收

皆知山峡水温低，户户争将冷稻迷。
隔岁沙沟三叠畈，眼前关铺百层梯。
生家散客随车购，远贾囤商上网批。
相问常粮何恁俏，只因乡土富含硒。

2021.9.25于郧西

龙潭河探秘

江峰霁后裹烟岚，隐约蒙遮小佛龛。
乍听声声山撞响，不知何物落龙潭。

2021.10.3于郧西

水彩龙潭岁大饶

又逢佳日客如潮，听玉观珠躺索摇。
更有深宫龙凤戏，哪张组画不经饶？

2021.10.5于郧西

轱辘体 · “屋檐斜入一枝低”

（一）

屋檐斜入一枝低，引得窗姑转眼迷。
未料新春时接近，但知残腊日将齐。
前思作画装书室，今欲裁鲜放暖闺。
专逗心君年夜乐，佳肴美酒与香妻。

（二）

不用猜来不用提，屋檐斜入一枝低。
书斋常览姜泓画，词卷多翻主簿题。
傲骨冰魂能小住，探春驿使怎长栖？
陇头疑是巴巴望，何日新香过灞堤。

（三）

骨姿清瘦耐人睽，常被丹青作话题。
崖壁白描三友傲，屋檐斜入一枝低。
构图先羡癯仙节，咏赋尤钦玉奴圭。
贤者厅堂悬照影，愚夫斗室敬娇妻。

（四）

雪刺风侵卧冷泥，孤身无怨晓寒凄。
报春便是开心处，留客何寻爽意闺？
眼下皆吟三弄好，屋檐斜入一枝低。
暗香疏影声名著，多少鸿儒为尔迷。

（五）

每逢春节撰联批，拜桌门神总对题。
仄说玲珑含蕊早，平夸艳魄吐苞齐。
为人学你坚和韧，厚谊模君结与缔。
陡觉熟香重沁肺，屋檐斜入一枝低。

2021.7.31 于郧西

写给佳美乐物业的朋友们

投身物业孰知情？短欲长需不敢轻。
前栋刚呼新管漏，后楼跟喊臭污生。
安危常在心中挂，善否随于眼底萌。
谨守勤看终有获，千庭万户念您诚。

2022.2.7 于郧西

罗汉寨沉思

不是云峰好出名，惟因故事活生生。
悬岩罗汉无同貌，拜佛香人有异声。
古叹盗徒知悔意，今嗟贪者反痴情。
当年八姐封泉计，早刻山隈石窟城。

2022.6.19 于郧西

敬步放翁《幽居初夏》怀老家

临水依山是我家，鸪啼莺啭燕飞斜。
烟溪草密多肥犊，藕畈茎低少壮蛙。
桑陌争繁千叠叶，药丛竞茁两颜花。
平生蠢简无他好，惯喝南风濯过茶。

2022.5.17 于郧西

入迷鹞子岩

初夏寻芳景，欣来鹞子岩。
银花撩目欲，绿茗解咽馋。
鸥鹭江边戏，乌雏屋外喃。
笑吾挨酒醉，无已忘仙凡。

2022.5.10 于郧西

孤山巨变

孤山不独名，何故使人惊？
四面江流洗，当头霹雳轰。
往常忧寂寞，今日感繁荣。
原来航电站，已在两肩横。

2022.5.19 于郧西

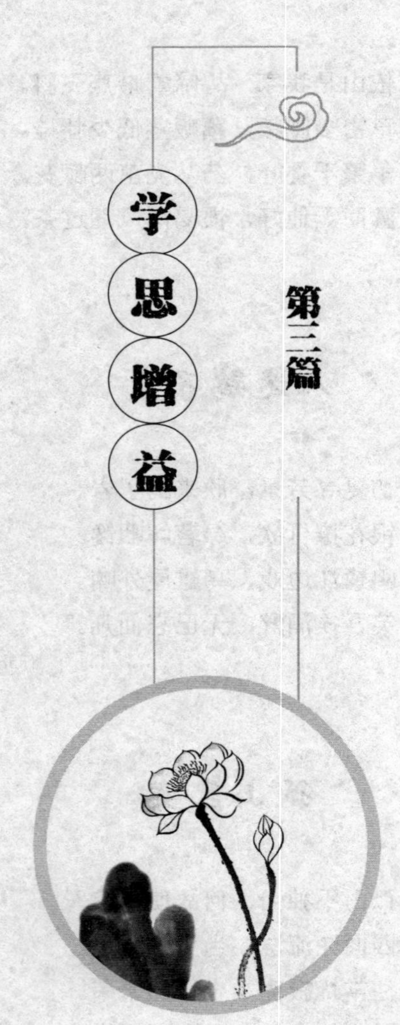

第三篇 学思增益

读书日随想

千古诗书总励人，儒贤何者不求真。
孔丘读易绳翻断[①]，子任研资句逐甄。
笔秀常温诗圣语，气华应向子瞻询[②]。
勤勋颐养书香趣，岂虑生无得意春？

2020.4.23于郧西

【注释】

①孔子读《周易》爱不释手，行在囊，卧在席，连系竹简的皮绳都翻断了，最后写下了《彖》《象》《文言》等十篇解释《易经》的文章，流传至今。

②诗圣杜甫有“读书破万卷，下笔如有神”句；诗词大家苏轼有“腹有诗书气自华”句。

绝句散吟（五首）

井中蛙

世人皆贬井中蛙，见少知微境界差。
一旦身遭荆棘困，连声喟叹不如它。

笼中鸟

原本追欢自在啼，南枝北树做香闺。
早知入得�笼苦，不会匆然出柳溪。

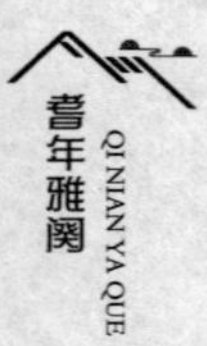

火中栗

憨猫胆大炉中取，脚燎胡熏手破皮。
粒粒甜酥非属我，贸然赴险必蒙亏。

镜中花

朵艳株芳亦诱衷，时而教你意憧憧。
频看过往痴情客，几个期希不落空？

人中凤

由来谓凤非凡物，举止言谈每荡心。
赤兔乌骓知几杰，群英辈出数当今。

2019.10 于武昌

鹿车孰重？

算术一题蒙我孙，鹿车孰重费区分。
爷爷咬定言车重，孙子坚持非鹿轻。
相约由师亲审辨，愿输必自杖皮筋。
次天作业红叉出，何学何教教训深。

2019.9.24 于水果湖

夜读

连宵伴我似孺人，冷暖忧欢总贴心。

注目轻翻三两页，倾颓难觅半丁尘。
云开日出豁然亮，雪化冰融顿觉新。
想问围城迷恋主，可知入卷即游春？

2019.9.20 于武昌

绝句闲吟（五首）

其一　自忧

华西天肆虐，万壑雨滂沱。
惦记金钱尾，街淹是几何？

其二　自责

万里云天外，宵宵梦故乡。
闻亲心更切，最怕说担当。

其三　自律

常在江边走，无忧水湿鞋。
栏严心有戒，百履不沾邪。

其四　自觉

为君常自省，做事必三斟。
力弱休承重，言轻少劝人。

其五　自谦

依情山在上，惬意事阴坤。

力戒骄和满，前途日日新。

2019.9 于武昌

大院家风谣

家计唯勤世路宽，起行崇俭守清廉。
忠君报国人之义，孝悌谦和学圣贤。

2020.1.5 于郧西

八则家训浅译

教子学诗礼

孔丘倚过庭，与子复叮咛。
无礼身何立，能诗语妙灵。

命子撰新史

司马期求切，子长手笔高[①]。
史家之绝唱，万世引为豪。

诫子修才志

孔明书《诫子》，句句不言虚。
新德俭为始，修身静在初。
勤能凝睿智，躁可惯粗疏。
年少无宏图，成人岂不猪？

盼子明事理

韩愈寄箴言，为人得坦然。
寻交谙道谊，谢却寡情缘。
退步销新恨，息争了旧烦。
偏私终夺志，利害自量掂。

训子应趁早

忧子难成器，思深服放翁[②]。
垂髫能预老，苍岁可猜童。
树德该从早，资才别弃终。
远离浮薄者，人格自然中。

劝子立四戒

晓岚[③]劝子方，四戒最难忘。
晚起佳辰废，慵倾好计黄。
奢华行放恣，骄傲性张狂。
多少无羁者，家家有毁伤。

好子须雕琢

永叔[④]诲学多，理性不偏颇。
美玉须雕镂，真人必砺磨。
壅培君子气，除却小人疴。
经得风尘洗，方成一瑞禾。

逆子休归祖

包拯修家法，严苛实寡闻。

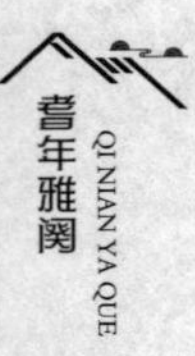

非从吾意志，岂是我儿孙！
贪腐乡归者，焉能进故门。
殁亡名勒石，不得入先坟。

2019.11.9 于武昌

【注释】

①司马，指司马谈，《史记》作者司马迁的父亲；子长，为司马迁的字。

②放翁，指南宋时期著名诗人陆游。

③晓岚，即纪昀，清朝政治家、文学家。

④永叔，即欧阳修，字永叔，号醉翁，北宋时期政治家、文学家。

说“逼”

为人经得重重逼，莅事桩桩堪出息。
子建威吟七步诗，文王辱演千年《易》。
梁山好汉秉愚忠，空邑妙弦凭胆力。
自古俊豪孰迷途？始终相守言行一。

2020.9.28 于郧西

赏陈图新老师《春照》兴怀

南国春来早，催花正吐红。
遥遥思獭水，迭迭梦黉宫。
师德高山仰，真知大岳崇。
每看开眼笑，犹似课堂中。

2021.2.24 于郧西

暂中记省

劝君少作《鹤冲天》，柳七当时厌此缠。
低唱浅斟遭帝戏，明明在榜却流笺。

2020.10.18 于郧西

名实隐忧

也曾意想做常模，谁料途程井坎多。
要术藏身农少济，证书撑手轿难驮。
先前愧对严慈爱，当下恐将子女苛。
百载人生余梦浅，桩桩自检又如何？

2020.11.11 于郧西

仿若采绝句同题

孰死天忧地亦悲，漫山遍野孝袍披。
金乌倏忽来凭吊，何处无听冷泪垂？

2021.5.9 于郧西

得新书函与大家分享

《山水撷英》今出版，敬呈爱者一蔷薇。
莫嫌花小无吟兴，细品该知味不非。

2021.5.10 于郧西

巴会长郧西诗会座谈心感

巴山夜雨正当时，晓谕春苗蓄德资。
芳树根深凭沃土，好材上料匠人知。

2021.4.23 于郧西

好为人师者慎

孟子嘲人患，尤烦百事师。
行行皆说晓，业业尽言知。
浅问如流对，深究怎掩疵？
真君当守拙，方积德才资。

2021.10.31 于郧西

贺《农村新报·荆楚田园》专题会议在汉召开

贤哥才妹聚江城，共拟田园咋细耕。
沃土更须通莳种，方教襄鄂久驰名。

2021.11.6 于郧西

初读《郧西人大志》寄怀

一看便知难释卷，只缘页页汗香凝。
十编纵论人民好，百节堪夸代表能。
决策规程皆有据，施行序次岂无凭？
全书囊括十余届，来者宜当引路灯。

2021.11.23 于郧西

盘点2021

回翻辛丑事，亦觉果真牛。
举国无贫户，入睛尽绿洲。
百年开伟业，新五启鸿猷。
确立中民意，复兴应势求。
人逢隆盛世，谁不撵风头？

想以书为伴，思将笔匹俦。
秦关询挂壁，仙水问沙沟。
筑路诗行密，烹茶曲赋稠。
山房吟遂愿，菌屋咏消愁。
夏赏芙蓉月，冬乘采橘舟。
篇篇希韵协，阕阕望辞优。
没得倾心种，何来一斛收？
报刊非少递，列网有常投。
偶冒些微泡，时拈点滴酬。
岂图名与利，唯练脑和眸。
应谢良师带，该恭雅会纠。
深知须力学，更晓必勤修。
未达怡然处，焉能止索求？
壬寅期可待，虎岁步当筹。
铆足坚强劲，偏乡竞上游。

2021.12.5 于郧西

巴黎微刊周年贺

先生海外创微刊，吸引方家抱赋坛。
构架修辞挑上品，剪花裁叶布专栏。
新诗旧律倾心爱，短阕长篇着意看。
学得名师精巧技，教吾来日少为难。

2021.9.1 于郧西

读周弟离职感言有寄

别离感慨深，句句见忠心。
救难担专责，怀安荷巨任。
闻呼分秒至，理办再三斟。
州府诸多吏，夸君最可钦。

2022.3.7 于郧西

“养口体与养心志”萦思

由来尽孝两兼容，口体为先心志从。
善伺曾参知父想，偏行竖子晓慈钟？
身边怡感天伦乐，耳侧甜听事业丰。
国愿九州人气旺，家期累代骨情浓。

2022.7.17 于郧西

第四篇 偶题随和

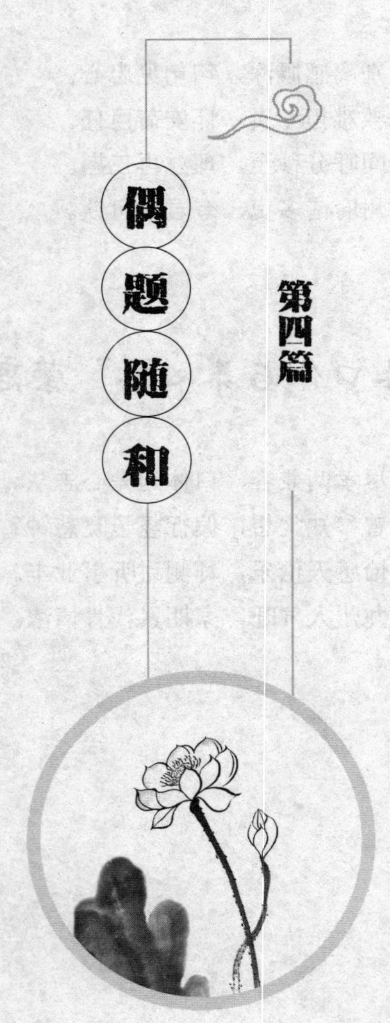

致敬北京冬奥会

仰北当春竞放花，荧光透洁漫天涯。
五洲雪手同池舞，四海冰师共桨划。
团赛单拼寻巧技，球追壶撵去疵瑕。
和平友谊中人意，谁不将咱祖国夸？

2022.2.6 于郧西

敬题肖冰先生影作（六首）

夕阳映汉江

余晖似火染江天，树影楼阴一卷悬。
最是双球同入镜，谁浮谁降怕猜偏。

白发棋友

（一）

汉界楚河兵马临，皆知老贼甚居心。
寻机借得华容道，卷土重来把尔擒。

（二）

将点兵陈局未开，耆翁临阵笑堆腮。
今天对弈非争胜，只想余年脑不呆。

秋牧

天山秋草掩牛羊，马上轻骑守四方。
吆喝一声随出阵，腹圆身暖转毡房。

新家园

依山傍水接云霞，灰瓦白墙胜古衙。
过往窄居无惦念，怡人柳苑是新家。

秋日恋歌

秋来红叶翘斜阳，悬镜玉腰初恋香。
风逗人撩皆不理，心中只想做鸳鸯。

2019.9 于武昌

题徽诗影作《提琴师神韵》

颔贴腮撑指压弦，连分顿跳运弓专。
洪音雅曲馨人耳，绅士陶陶醉幕前。

2019.9.29 于武昌

敬题康先生竹画寄富聪

其一

人贵当如抱节君，瘠肥冷暖未喧纷。

虚怀若谷贤豪气，百载无秋岂落群。

其二

喜得尊师一卷图，平生饥渴顿时纾。
三餐做客荤能缺，雅室留宾竹岂无？

2019.12.7 于郧西

题耿公《倚井惜柳》图

老柳历沧桑，耆儒自惋伤。
千年清澈井，何事陡枯荒？

2019.12.16 于郧西

题尚老影作《红枫悬天》

仰望一枝悬，深红配浅蓝。
调霜凝紫瑞，岁冷独超然。

2019.11.12 于武昌

题冰雪哥手机美图（六首）

祖国的花朵

郁金茁茁吐芳苞，桃李萌萌出嫩梢。
一对蒙孩尤逗趣，欲牵花树比身高。

传统理发师

娴师悬腕慢移刀，连刮带摸为净毫。
只是瘟来门店闭，疏林风理也陶陶。

书海拾贝

大人常说书如海，今日才知实在多。
高架低橱翻个够，何寻那个《为什么》？

休闲时光

几位耆翁逛漫川，行聊坐品亦翛然。
一河两镇皆雄起，教我如何不乐颠。

独钓寒江雪

水冷竿冰兴未衰，船头投饵俟谁来。
心无渭钓姜公意，唯向雪天觅快哉。

眺望花海

遥看春郊一片红，流光溢彩映晴空。

畦畦相叠难寻岸，醉眼还当此少童。

2020.4.23 于郧西

贺信国君宝苑开张

揭牌交水节，幸事总投缘。
点石堪流韵，烹茶若嗅兰。
匡床尤物动，看客慕心悬。
正想寻究竟，回眸鹤在轩。

2021 年正月初七于郧西

题《野菊图》

岩菊并非真掩恶，谁知杂处俗尘多。
能人识得清佳境，飘籽由风怎奈何？

2020.10.29 于郧西

题单腿美女

神女瑶阶款款来，轻匀洒脱欲登台。
手移竹杖敲新韵，腿荡旗袍显逸才。

2020.10.31 于郧西

潜江好

问君何住所，故里是潜江。
百万骄儿女，成千著作郎。
文豪馨楚汉，花鼓醉荆襄。①
世誉龙虾美，人夸御酒②香。
四时清逸地，无处不天堂。

2020.12.25 于郧西

【注释】

①文豪，指中国现代杰出的戏剧家曹禺先生，祖籍为潜江；花鼓，指在这里生长并传承的地方剧种花鼓戏，近年有多个剧目荣获国家级大奖。

②御酒，指潜江生产酿造的园林青酒，迄今已有2000多年历史，中华人民共和国成立后的七十多年里，多次荣获国家大奖，20多个品种在国内外畅销。

立夏日喜见世贵兄聊赠（二首）

其一

少年英俊出东沟，半辈涪城酿大猷。
才智换来家业美，还乡衣锦更风流。

其二

张翅雄飞正少年，世间拼打善攻坚。
贵拥一杆生花笔，好续诗仙锦绣篇。

2021.5.5于郧西

复耿阳民先生

志远丹青画，阳民异彩诗。
匠心寻意境，妙笔写神思。

2021.5.8于郧西

题美石《潇湘妃子》

欲见意中人，飘然踏俗尘。
影形犹弱柳，体态似娇颦。
有分当相爱，无缘可直陈。
别教孤寂泪，重滴傲霜筠。

2021.5.8于郧西

祝贺十堰楹联学会

祝语听然为建盟，贺言如片聚车城。

十全非是唯求索，堰固方能倍助耕。
楹好得看形与义，联工更讲仄和平。
学无止境群之望，会有高贤事易成。

2021.6.6于郧西

题赠雁初先生

（一）

时代清明不掩瑜，锦程独得好风徐。
志当羡仿凌云雁，慎始犹终岂改初？

（二）

人形一字映天衢，更对风云审疾徐。
可敬北来南往雁，始终相守不丢初。

2021.3.24于郧西

敬步淑英老师原玉《爱国侨胞陈湃先生》

欣然识得友兼师，更仰先生绝妙词。
万国华人歌大夏，一方屏幕颂昆池。
有心竞写春光好，无意重描诡怪奇。
朗朗乾坤传懿德，恰如甘露正深施。

2021.11.15于郧西

附：于淑英[1]老师《致爱国侨胞·巴黎陈湃先生》

幸识荆州又得师，诗刊叠叠仰雄词。
调吟白雪飞龙岳，曲奏黄钟动凤池。
爱国文坛星更灿，巴黎翰墨士传奇。
玑珠万卷留鸿爪，正是先生德教施。

【注释】

①于淑英，出身于都昌书香世家，现为《英华瓷庄》庄主，国学研究员，景德镇市诗词联学会副秘书长。

贺天禄先生《民俗风物志》付梓

洋洋开大卷，洒洒著宏文。
民俗千流汇，乡风万绪分。
倾情牛女恋，着意艺田耘。
又使荆襄北，增添一彩昕。

2021.11.19 于郧西

春雨行色

风姿儒雅语言诙，情趣居多善夺魁。
绍续严慈春雨爱，曼柔桃李细浇培。

2021.9.15 于郧西

洪旗夫妇家业大成

洪炉久炼岂常人，旗帜移挪独守真。
夫具浩然君子气，妇多翌戴股肱仁。
家兴安得儿孙济，业旺仍求格局新。
大器终归心血铸，成功何止几风晨。

2021.9.23 于郧西

题光明杨建

光景争趋日日新，明灯相照更无垠。
杨君树德还施济，建置华堂恤万民。

2021.9.23 于郧西

致敬《大岳诗盟》百期顺娩

微刊凝大岳，已使汉流惊。
分娩才双载，相拥近一营。
诗词传统续，歌赋律规赓。
研习蹚寒水，采风踏雪荆。
扶贫偏壤走，治疟浪尖行。
颂党深衷意，讴民博爱情。

草根培稻社，骨干育车城。
编委功夫硬，诸师作品精。
传媒新印象，业界大名声。
喜看郧乡鹤，于今嫩羽成！

2021.8.2 于郧西

贺《荆楚田园》新鲜出炉

荆楚田园聚秀贤，乡兴村振又开篇。
人民幸福为根本，百赋千吟入笔端。

2021.8.28 于郧西

敬和曾佐勋教授《清凉寨之约》

总觉高囱少暮烟，原来去赏舞翩跹。
新正早想欢愉聚，此际该当已了缘。

2022.2.24 于郧西

悼窗故胡文萍女士

惊悉老乡胡文萍女士匆然离世，非常悲痛，遂以小诗纪念。

初冬闻你去，裂肺又伤心。
清早挥长剑，黄昏伴瑟琴。

逢人开口笑，待客尽忠忱。
惯看身轻健，何言病久侵。

2019.11.12 于武昌

悼虎妹夏敏

即到人间世，何待一霎时？
弱家刚有福，幼辈尚无知。
怎失夫君望，能丢老母祈！
狠心单个走，教我独孤悲。

2021.4.29 于郧西

贺巴黎文学社湖北分社开张

喜闻分社创新刊，荆鄂增添一赋坛。
千古骚风伊续唱，当年琴曲我跟弹。
题诗就写家山好，咏阕该填大域安。
协力能教公众乐，倾心可逗阖群欢。

2022.6.5 于郧西

致贺郧阳诗联学会

浏浏天汉水，滴滴渗郧乡。

山上生嘉树，田间长御粮。
淑贤[①]三部曲，哲圣[②]几篇章？
翘楚因时出，殊材接代藏。
今闻诗会立，故里更辉煌。

2022.4.20 于郧西

【注释】

①淑贤，指梅杰女士。

②哲圣，指杨献珍先生。

敬和张鸰先生《游上庸楼》

水滨耸矗琉璃塔，紫栱灰檐耀碧湖。
精美庸情堪次第，超群堵士亦非孤。
剪花余匠惊同界，描画袁师傲帝都。
五级楼厅如史馆，尽知山邑有和无。

2022.6.3 于郧西

聪慧正平

侬是王家好帅哥，一身正气若松柯。
为人平易人钦敬，行事灵聪事不颇。

2022.4.16 于郧西

第五篇

感时纪岁

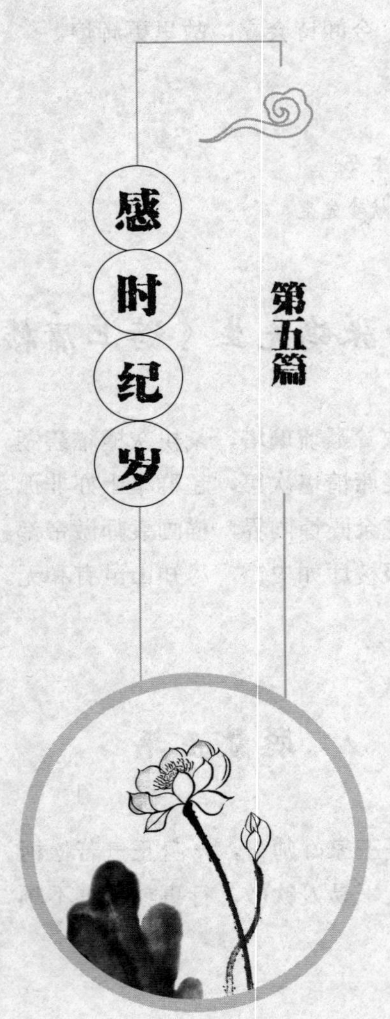

绵雨何休？

客来无去意，一下十多天。
出屋淋双履，进门擦两肩。
蔬园疼腐叶，肉店惜加钱。
常者亦生急，言行总走偏。

2019.10.10 于郧西

过坝口陡思那三年

一说乌篷万绪纷，无端远蛰也欢心。
晨曦平坝催粮款，午夜偏沟数孕人。
罗汉虔诚教履道，犀牛慧敏指迷津。
鸡零狗碎皆询我，四季何来自在身。

2019.9.19 于武昌

湖东陪月

湖中寻玉兔，不似去年圆。
暗皱悄悄起，流光叠叠缠。
蜃楼摇水底，云树晃江湾。
举目观衡宇，群星捧月欢。

2019.9.13 于江城

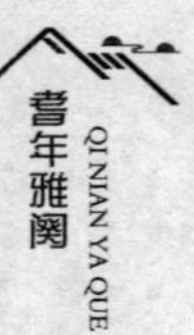

江城秋老虎

秋半仍烦热，通宵弗入眠。
额头珠滚滚，脚下火煎煎。
数日柯无动，连朝草见蔫。
都言新露爽，已过几多天？

2019.9.15于武昌

九月八日记事

今晚逢周末，厨房巧手多。
爷孙同和面，儿女共操锅。
复摁葱油透，勤翻壳肉和。
一餐酥软饼，满屋笑呵呵。

2019.9.8于武昌

高秋沉思

风凉气爽渐金秋，满眼精华喜望收。
半辈劝农殷父老，经年改革润田畴。
乡邻终了脱贫愿，华夏同纾致富忧。
假若铧犁还恋我，稀龄依旧作耕牛。

2019.9.7于武昌

冬日观湖遇雾

重重水皱搡浮萍，曲岸残荷已失青。
晓雾遮头忧白鸟，迂回无处嗅鱼腥。

2019.11.11 于武昌

无愧

雨洗风梳曲径多，村衿乡履饰将过。
从来宽窄随裁剪，身个使然奈我何！

2019.10.14 于郧西

乡间春阑

日暖风柔四月天，偕游绿野亦当然。
叠池子藕林锥举，压岸油枝密角悬。
蚕妇相夸桑叶厚，菜翁自诩紫葱圆。
常待闹市桩桩好，难比偏乡处处鲜。

2020.4.15 于郧西

龙日有感

抬头闻鹊长精神，仿佛还吾自在身。
吟赋读经斟妙句，思今怀古感骚人。
露花倒影痴情柳，山抹微云得意秦。
入境从来偏慧眼，留心便有四时春。

2020.2.24 于郧西

惜春

东君留不住，执意共花归。
燕喜巢泥软，蜂嫌粉蕊稀。
热风伤麦价，湿气助虫威。
岁稔诸多节，唯惆谷雨飞。

2020.4.29 于郧西

辛丑春始逢雨兴怀

东风携梦雨，冻解底墒匀。
眠柳思容发，蔫苗欲挺身。
丰滋能引富，广泽不忧贫。
岁始逢佳兆，当来得意春？

2021.2.5 于郧西

残梅自悯

不禁风雨袭，一夜卸华妆。
钗簪青丝乱，衣潮玉体僵。
担忧丢雅洁，更怕失馨香。
错认红尘软，春寒未早防。

2021.2.25 于郧西

立夏兴怀

小荷才露角，即感蝈儿鸣。
蚯蚓撑头探，藤瓜坦腹生。
新巢亲乳燕，老树逗雏莺。
今送东君走，单衣别忘更。

2021.5.5 于郧西

小满感怀

得意人生犹小满，粗衣素食总怡然。
盈怀新绿当随享，过眼遐荒岂久怜？
醉若张飞堪出误，骄如马谡必行偏。
惯看不了红尘事，成有前因败有缘。

2021.5.18 于郧西

生日遇小满即兴

诞日何曾逢小满，又教犁叟饭龄添。
回思过往心无愧，企望将来意更恬。
月善盈亏天岂恼，花长开谢孰生嫌？
人能消得清嘉福，怎可轻狂不守谦！

2021.5.21 于郧西

芒种不忙

一节两头忙，心娴孰着慌？
麦收争霎日，栽种趁时墒。
蚕茧挑灯选，蔬虫避露防。
归家陈糯酒，身累早忘光。

2021.6.5 于郧西

春分喜接雷雨

轰然雷电发，膏雨落山村。
油畈抻枝角，瓜畦定叶根。
风清无疠疫，气畅少时瘟。
家有殷康计，贫穷不叩门。

2021.3.20 于郧西

谷雨感时

花落花开孰不知？春天未剩几多时。
浮萍点绿忧风急，布谷催耕怕日迟。
叠畈桑丛青笋茁，满畦菜角玉鳞披。
一年光景皆珍重，尤在当前好奠基。

2021.4.19 于郧西

元旦遐思

一元复始万重新，道喜难离斗指寅。
水木相生期可待，土金依恋日将轮。
诸宫星主皆当位，何股阴霾敢动身？
伏虎昂头寰宇定，流年好事自然频。

2021.12.18 于郧西

神雾岭茶场五十年有寄

五十年前学种茶，披云戴雾刺中爬。
昼邀工友铺长垄，夜伴知青和细砂。
山绿场舒都说好，味香品俏孰言差？
如今欣喜贤才聚，盼有殊方再起家。

2021.9.10 于郧西

大暑记事

天公何作倾盆雨，接二连三袭郑州。
隧变水牢淹过客，地成洪海困房叟。
茫然无计心慌乱，即使知方脚怎抽？
仿觉呼声低警笛，四边援队已横舟。

2021.7.24 于郧西

人日听雪闻喜

新瑞纷纷又压枝，开春应是最寒时。
偶闻巢鹊喳喳语，何见顽童瑟瑟姿。
女足超然赢虎将，男冰未必弃王师。
银屏热载怡情讯，我也拼填遣兴词。

2022 年正月初七于郧西

微恙自恃亦难医

病入谁知晓，生疼甚起因？
面皮隆疱串，眼睑绘鱼鳞。
一说蚊虫咬，还言暑气湮。
风油重复抹，维素按时轮。

数日无明效，连宵有隐呻。
名医抓紧约，验者急忙询。
良法除烦快，好方解毒神。
此机当自省，莫强做能人。

2022.6.27 于郧西

痛悼荣华兄弟

持香天岭问荣华，何事匆匆走月牙。
执意偏隅抛旧故，横心独处舍全家。
经年审案堪无错，一辈为人孰感差？
梦里同君刚逗笑，醒来满目泪如花。

2022.4.17 于郧西

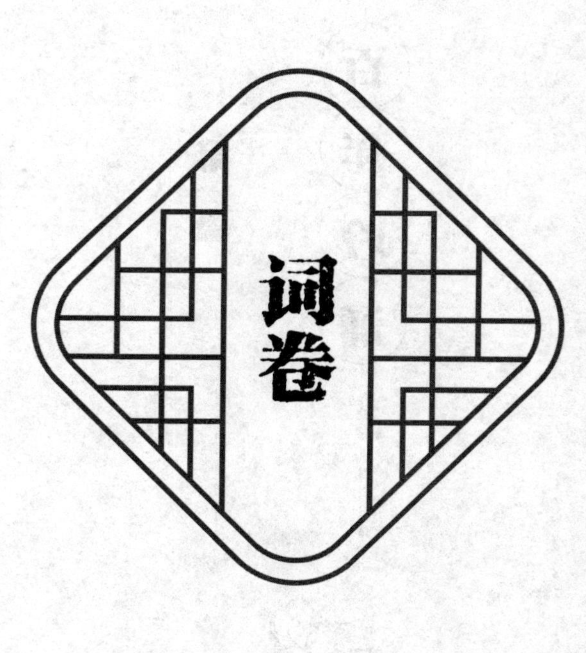

词卷

第一篇

百年吟诵

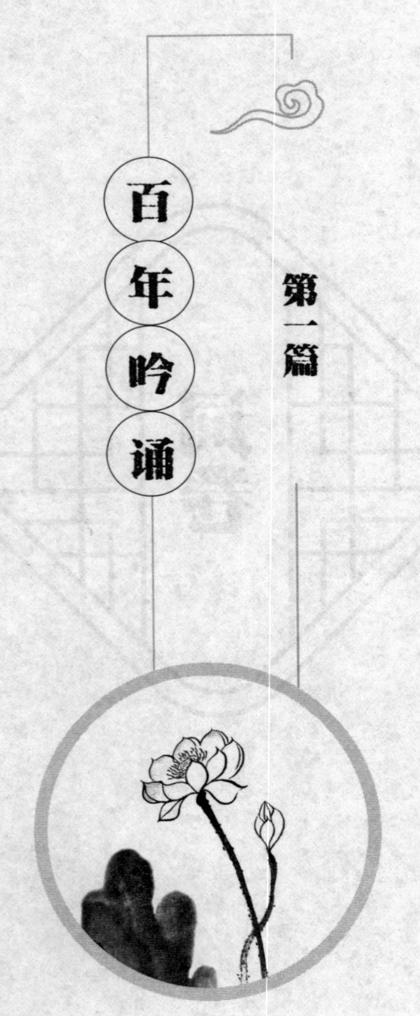

水调歌头·温史兴怀

感念丹青手，壮我大中华。勾风描雨，只为山水更清佳。开笔震惊黄浦，泼墨安平遵义，新履少偏差。一股英雄气，慑敌躲天涯。

身欲立，穷则改，险仍爬。何人不懂，民族隆运靠谁拿！尽管强倭相阻，无论东西存别，举国小康家。每览动情处，犹饮晚间茶。

2021.6.12 于郧西

夜游宫·忆入党介绍人那宵谈话

应是龙年麦夏，在河岸、陈坯偏厦。灯夕三人共一话，到如今，记犹新，难撇下。

入党非虚耍，作仪表、终身无假。切莫甜言嘴中挂，面镰锤，梦当宵，该不怕。

2021.5.31 于郧西

沁园春·麦秋入党宣誓回搜

每遇生辰，总好怀思，那季麦收。在安庭小院，净心洁眼；锤镰旗下，擎臂昂头。领语铿锵，宣声洪亮，终了年来寤寐求。还须算，至今时为止，几十春秋？

人常气味相投，既信党，当抛得失忧。处民需国急，挺身而出；蝇私蜗利，何必缠纠。不改初衷，深知使命，岂让箴言付水流！重吟诵，感隆情场面，酷似刚搜。

2021.6.2 于郧西

侍香金童·在党经年自问

卌五年头，践履何尝易！守约誓、青春从未惜。蒙幼南乡堪尽力，哪怕微名，也登金册。

恰图新际遇，相担耘地责。为温饱、千村留迹。引种调肥人啧啧，属境无贫，背躬应值。

2021.6.20 于郧西

侍香金童·闻仁辅兄荣获“光荣在党五十年”纪念章生感

半世韶光，在党何旁骛？只一念、乡亲能饱腹。身体力行拼黑虎。改革兴田，尽施仁辅。

就层楼要职，从严查硕鼠。为执法、风朝霜暮。验看平生肝胆许，已刻心中，不曾耽误。

2021.6.20 于郧西

念奴娇·赓续红色血脉当吾责

秦头楚尾，这三千赤土，不能轻瞥。几拨红军征战地，何处无留奇绝？驻守关防，转移槐树，云岭涓涓血。经年艰履，砺磨多少豪杰！

来者当有胸怀，开睛旷远，好势难重叠。气脉相赓天赋责，旗火休教湮灭。底色通红，声名鲜亮，影响尤真切。用心呵护，家乡自会超越。

2021.7.6 于郧西

鹧鸪天·拜台心语

不想茔前吐故悲，该将纪诞作新题。百年华夏恩承党，续代儿孙福感斯。

人敬母，族尊慈，邦兴方有小家滋。平生谨记谆谆嘱，永葆初衷别犯迷。

2021.3.25 于郧西

满江红·又迎山乡腾飞季

绮美天河，翘首望、哪寻云迹！华场内，凝神开眼，座无虚席。经济倍增当我写，山河遍绿凭谁辑？五年谋、幅幅好蓝图，雕千壁。

优境紧，兴工急；文旅赛，人才逼。怕思迟行缓，契机难觅。善聚民心施简政，肯躬身段赢新绩。步沉稳、跨越正当时，群情一。

2021.10.27 于郧西

意难忘·观冬奥会谢幕兴怀

隆盛收官，望鸟巢内外，万众同欢。离人知柳意，来客晓松缘。云顶跳，雪崖攀，屡屡创奇观。最激情、中华健将，勇闯津关。

首金赢得尤艰，与群星竞逐，我必争先！爱凌怀巧技，广璞术无偏。聪挽静、雅心娴，共《桥》曲翩翩。赛项多、寥寥数语，怎敬冰贤？

2022.2.21 于郧西

清平乐·雪日为母亲百年诞辰施祭

漫天飞雪，姊妹重相结。跪对严慈生悲咽，心语依然真切。

一辈茹苦含辛，整天虔恪精勤。企盼家和事顺，于今唯记深恩。

2021 年冬月二十六于何家湾

兰陵王·梦寄家父百年诞辰

想吾父，一世含辛茹苦。为生计，五次三番，越岭蹚溪乞秦楚。此身无寄处，能躲朝风夕露？临丁亥，换日故乡，瓦屋平田作回主。

忧勤欲填肚，纵劳骨伤筋，于事无补。春风果在玉门驻，您笑登眉际，乐藏心底，拼罢温饱拼殷富。攀追小康路。

寒暑，不停步。怕岁过稀龄，将诺轻负。桩桩件件何须数！叹溘然长逝，千新难顾。而今相念，怎忍得，梦里哭。

2019 年农历十月初一于郧西

沁园春·重温《讲话》浅得

吟为谁何，写为谁何，艺者本根。历悠悠八稚，堪融血脉，累累数代，犹嵌灵魂。交响《黄河》，牧歌轻骑，影视词章日日新。升平世、守旌旗底色，最要求真。

生民期愿当尊，况眼下、行行仰俯循。既有缘秉笔，该思一主；得机磨墨，必虑诸群。邑怅乡愁，家情国是，材料鲜齐品自珍。知其理，更持行久践，功德无垠。

2022.5.29 于郧西

画堂春·贺神十四飞船升空

月宫今咋又缤翻，像迎十四飞船。且听问阁玉音宣，个个超然！

驻轨依凭一技，挑梁尤靠双肩。英雄豪气正轩轩，好梦初圆。

2022.6.5 于郧西

满江红·仰望党旗

致问锤镰，风霜洗、仍持正色？黄浦始、欲燃星火，漫绵无熄。善引群贤强意志，肯教烝庶纾筋脉。未轻诺、放眼小康家，倾邦国。

开芳景，堪费力；防蜕变，何容易！既徽镶胸左，就该光熠。民族复兴当有我，平生名利谁怜惜。真葆颜、约誓莫相忘，终身责。

2022.6.29 于郧西

第二篇

扶贫礼赞

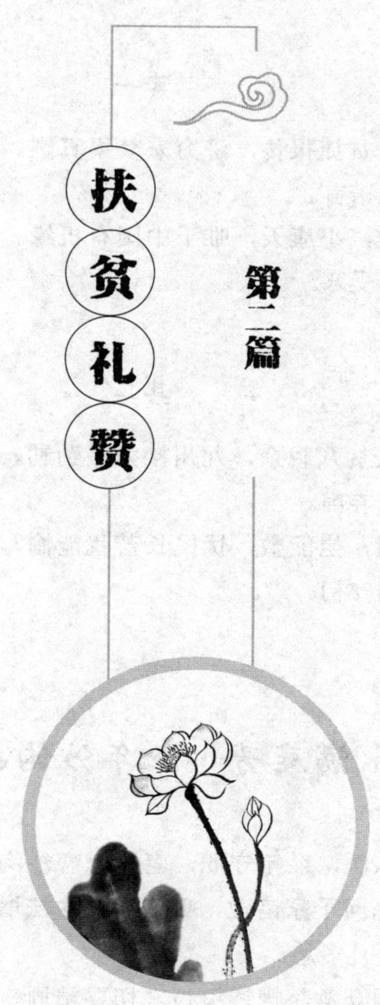

鹧鸪天·扶贫纪事（二首）

其一

八载扶贫捷报传，济穷宏梦果真圆。两愁自此消踪影，三保如期兑诺言。

殷富地，小康天，唯于中国有机缘。殊方奇策温情尽，未让苍生再受寒。

2020.11.24 于郧西

其二

精准扶贫八载余，九州接力最勤劬。阵前常督防轻慢，法内严查止弄虚。

天与责，岂能敷，忧民长苦我能愉？一人不落丢穷帽，期许尤当信守初。

2020.11.26 于郧西

满庭芳·五年沙沟扶贫

半辈从医，经年守职，老来怎恋沙沟？帮扶有我，就得用心筹。先问千家诸业，哪些户、啥法增收。再查验，吃穿保障，还有几多愁。

蓝图调众意，拢钱引技，切要精周。五载里，山村巧变无休。冷稻名扬汉水，香玲果、挂满枝头。贫穷帽，眼前抛摘，苦汗未白流。

2020.7.19 于郧西

江城子·莲花池村扶贫工作队

久钦赵队懿情敦，为扶贫，百家奔。问计求援，结对又攀亲。五载莲花穷貌改，千金诺，岂云云？

踏泥抓铁总留痕，屋翻新，水供匀。路在庭前，香藕俏秦门。每遇父兄开朗笑，心敞快，感甜温。

2020.7.19 于郧西

望海潮·情系湖北关

【序】几次来鄂西北这个一脚踏两省的湖北关村游览，总被一些意想不到的、接二连三的变化所感动。一问便知，身处此地的干部群众付出了艰辛的努力，在这里驻村帮扶的县财政局领导和工作队员们也做出了巨大的贡献。

地偏居散，山深照寡，平添边塞穷愁。精准脱贫，如期致富，当为人我祈求。重任落肩头，遣善拼猛将，接力相筹。一卷蓝图，五年调色细描勾。

先行产业培优。倚多锌菽菜，富铁黄牛；松壳核桃，撑棚菌棒，家家都有新收。林荫小洋楼，若画龙伏卧，愈感清幽。难得梦圆，满腔热血未虚流！

2020.6.26 于郧西

喝火令·故院群聊扶贫工作队

顾念如儿女，帮扶胜至亲。此生难遇实诚人。风蚀雨侵无怠，心系后山村。

雪夜寒庐走，晴晨暖室[1]蹲。两消三保[2]恤穷身。劝我兴茶，劝我种香椿。劝我黑猪多喂，不再守清贫！

2019.12.28于郧西

【注释】

①暖室，指蔬菜大棚。

②两消三保，指中央确定的“两不愁”“三保障”精准脱贫标准。

霜天晓角·关塞咽喉

秦头楚尾，行处连山水。城阙几经更迭，街沿柳，知根底。

那回猜客意，似曾疑俩弟。同舀一锅汤饭，瘦何我，肥何你？

2020.2.10于郧西

醉春风·村头随感

竹掩琉璃瓦，梅斜窟石架。谁家暖宅此山依，雅、雅、雅。碧桂红枫，鸭群鱼阵，景新如画。

岁老多闲暇，常在乡间耍。偏沟尽遇小洋楼，讶、讶、讶！消困精方，复兴好梦，一丝无假。

2020.2.11 于郧西

鹤冲天·茶农诉说兴业艰

连绵阴雨，等急携篮女。畦垄脚沾泥，何挪步？料得无秋旱，新枝密，能多取。孰想天相阻，难约新晴，白教叶胀芽吐。

一春好货，客栈偏封堵。炎夏缺甘霖，空芳树。岁始扶贫计，乡督紧、村帮苦，吾亦将勤付。敢问苍穹，咋欺高山茶妇？

2020.10.11 于郧西

江城子·光伏扶贫

来家河畔好传奇，破陈规，举新旗。光伏扶贫，欲使瘦庄肥。短暂一年成百兆，无中有，甚津迷？

猛狮科技善施为，斥宏资，得先机。遍察丘山，组件靠肩移。板固螺严多产电，民殷富，岂迟疑！

2020.11.17 于郧西

满江红·脱贫不忘猛狮[①]人

荒僻来家[②]，声名老、苍颜突换。千重岭、铺天盖地，硅蓝瞠眼。皆慕艺高人胆大，吾歆德厚言轻缓。智丰者、当属少将军[③]，儒商冠。

尊民意，施国版；依步骤，防疏慢。让时无虚度，光非零散。密鼓紧锣精布阵，开槽接线连飞管。才几年、光伏富多村，荆襄羡。

2020.11.18 于郧西

【注释】

①猛狮，即湖北猛狮科技集团公司。

②来家，指郧西县河夹镇来家河村。

③少将军，指湖北猛狮科技集团公司总经理姜兴均先生。

淡黄柳·大泥河鲜桃采摘园见闻

胭脂晚熟，香色非同俗。叠畈千枝红簇簇，吸引群游驻足。亲摘亲尝极舒服。

意生夙，来回也忙碌。植园累、产销复，恐辛劳、不挣开心禄。幸得支书，劝商询市，才有今时景福。

2021.6.19 于郧西

醉蓬莱·槐乡移民念党恩

住青山脚下，泗浴河旁，水方柴便。荒僻人家，已不需忧叹。适意红楼，慰情灰瓦，若邑官庭院。桌有佳肴，床无破絮，四时饴暖。

数载强扶，自成耕业，冷米稀珍，赤鳟非贱。春采香椿，也做回摊贩。户户施为，个个勤挣，果脱贫圆满。问古寻今，谁如吾党，与民同盼？

2021.6.24 于郧西

握金钗·仲夏箭流铺村与三位老书记畅聊脱贫

家盖爽心楼，坡栽发财树。往常穷迹难捕。名号依然箭流铺，衣着靓，菜肴丰，钱袋鼓。

非是我雄夸，天天两睛睹。累年改革新措，激励偏沟换飞步。功在党，利襄民，何用数！

2021.6.11 于郧西

醉春风·蜂农感时

大畈油花嫩，群蜂如布阵。今年行色更甜怡，吮，吮，

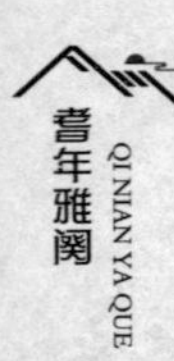

吮。含吐千箱，罐装车载，客家催紧。

去岁同勤奋，寻采都随顺。酿成新蜜也盈仓，问，问，问。东售无途，北销仍阻，使人心困。

2021.3.21 于郧西

握金钗·庵沟林间鸡场见闻

晴日解春寒，林鸡撵群斗。每回抛食相诱，拍翅摇冠恐待后。筋络活，肋肌丰，成抢手。

临腊合同签，茬茬上门购。阖家晓夜看守，企望穷名不反复。乡长问，牧医帮，无纰漏。

2021.3.25 于郧西

鹧鸪天·春忙山乡

柳翠桐华二月天，山乡雨足正耘田。追肥菜角膨如指，清渍香薹翘若鞭。

猪购崽，犊添栏，三春种养有谁闲？既然定下丰收计，抢日争时好挣钱。

2021.4.2 于郧西

解佩令·初冬访农家

菊抽香絮，桐落残叶。寒凉意、晨昏趋烈。偶过阳坡，见一人、菜畦挖掘。观模样、心怡神惬。

随机相问，年成可好？猛抬头、仍逢多捷。麦稻盈仓，钱袋鼓、牛羊超绝。这山乡、果真特别。

2021.11.8 于郧西

千秋岁·南乡牛倌

南乡谐侣，头脑尤清楚。耕业稳，方长富。牛摊交易旺，售价何低估？如实算，年初允诺无亏负。

幸得芳邻助，更有高师辅。干湿混，精粗补。晴天光适晒，冷夜栏宜处。虔心到，谁还埋怨风霜苦！

2021.11.9 于郧西

千秋岁·香口冬起胡萝卜

客商叮嘱，起菜应从速。车等待，人忙碌。堆堆风色好，袋袋芳滋足。何须验，经年买卖眉无蹙。

味道方圆熟，名气沙田独。医倦眼，充饥腹。村村知莳种，户户娴收束。胡萝卜，又教偏域拥嘉福。

2021.12.14 于郧西

谒金门·新岁寄怀

牛年事，当说称心如意。倾国小康宏愿遂，必教青史记。

期待复来新岁，更有虎之生气。越险踏艰休倒退，再开天下最。

2021.12.18 于郧西

点绛唇·开春问农家

谨慎人家，皆知春日如金贵。一年新拟，何可敷衍对？

养畜添栏，兴菜精耘地，娴熟技。步安身稳，还怕工夫费？

2022 年正月初九于郧西

瑞鹧鸪·吴家营菜苗销售红火

城北无奇怎诱人？每天见客往来频。大棚迤递临沙岸，畦菜绵延遮石门。

豆角鲜苗刚出圃，番茄嘉种又抽新。早春可预全年势，业守耕桑何返贫。

2022.2.27 于郧西

鹧鸪天·寺沟访春

媒体联刊一号文，如膏似雨润山村。趁墒开垄移青豆，抢季松畦种紫芹。

油护朵，麦培身，农家无暇度闲春。既然许下丰收愿，就得天天手脚勤。

2022.3.12 于郧西

夜游宫·文旅兴农访郧西

乡振村兴弗易，道途上、仍存坚垒。能者多兼断腕志，既承言，就倾心，忠首尾。

号角纷纷起，众人奋、开先争位。文旅犹当显威势，访沙沟，问泥河，谁不喜？

2022.7.14 于郧西

第三篇

大地写怀

巫山一段云·江城

登鹤临三镇，心情弗一般。疑云散后又相连，欲掩一江天。

历历晴川树，何如往日鲜。凄风冷雨久纠缠，怎不损容颜？

2020.1.30 于郧西

千秋岁·公仆赞

几多昏昼，孰敢松松手？秦楚界，荆襄牖。忧耽行外客，着急居家口。唯企望，正常过活非将就。

月隐偏村走，风冷柴门叩。如实问，应时复。宁教身受累，莫让心含疚。民安乐，此生不枉为公仆。

2020.3.7 于郧西

行香子·问春

步入湖滨，满眼流芬。移丝罩，好不消魂。赤桃带笑，粉蕊含颦。是接栖乌，迎来客，等离人？

一时相隔，总觉生分。细掂量，已见疑痕。面容憔悴，白发交纷。料体难眠，心难敞，饭难匀。

2020.3.15 于郧西

生查子·思飞

已觉柳梢青，不得登溪岸。十六去灾游，空在心中念。
取火暖书房，蘸墨勾春燕。知你早思飞，没有东风便。

2020年正月十六于郧西

生查子·致深圳小妹

小妹执新函，喟叹通身爽。锁眉顿时开，悬念欣然放。
只是顾双亲，才与荆襄往。能使百家安，短离不须怅。

2020.2.9于郧西

风入松·吃堑知戒

皆知生死很寻常，此遇冷无防。山前人到何为路，脚没起、方寸先慌。临阵穷愁兵马，欲擒苦缺刀枪。

由来善预计难黄，国事敢轻狂？千金一堑该长警，别疮好、又复同伤。风险时时相伴，自然岂忍荒唐！

2020.2.12于郧西

忆少年·寄语情人节

当年芳草，当年碧树，当年清月。春光已来晚，恐伊人迟接。

过往悲欢非我抉，想而今、盼安心切。家邦遇危难，有谁关洋节！

2020.2.13 于郧西

芭蕉雨·雨水感时

草木争春亦切，恐光阴早逝，难回拽。雨水最为珍贵，怎奈任性随波，轻言作别。

纵然风紧露冽，应不再纠结。书总有几行，教君悦。待雪化，暖真来，相约朗阔江滩，听涛赏月。

2020.2.18 于郧西

芙蓉曲·晴日空景

推窗即觉暖融融，梅笑竹丛中。喜鹊喳喳追问，游园咋这宁空？

爷爷奶奶，风车电马，无影无踪。只有高楼千眼，静期草木葱茏。

2020.2.20 于郧西

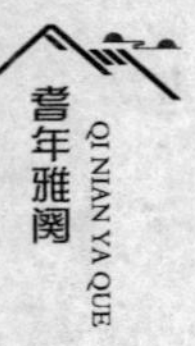

少年游·郧西小喜鹊

长街深巷抖红纱，风景似流霞。高楼形影，重庭心话，三五嫩娃娃。

晨昏走遍千百户，不出半丁瑕。父老余粮，小孩存奶，安稳几多家。

2020.2.25 于郧西

第四篇

楚窗掠影

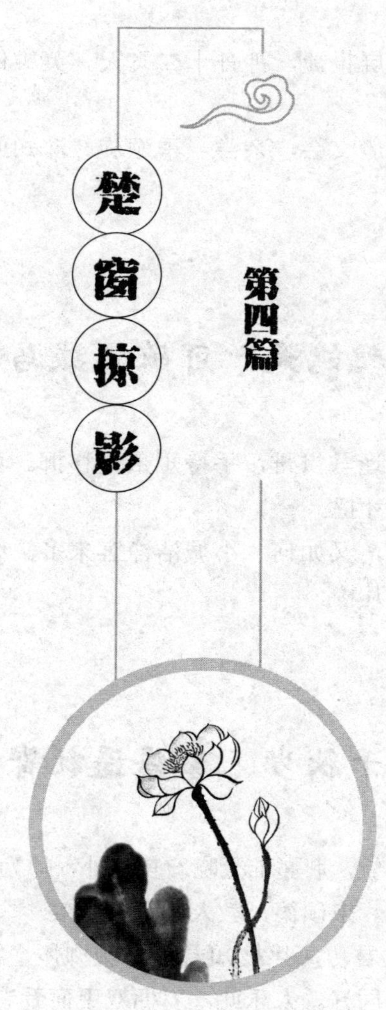

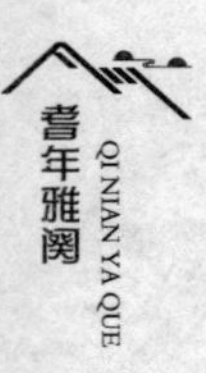

西江月·致敬神十二英雄航天员

今日银屏报捷，神舟十二飞天。英雄信步景云间，了我中华夙愿。

经历三舱交会，亲尝一季颠旋。深知此刻梦魂牵，唯是工程圆满。

2021.6.17于郧西

鹧鸪天·可敬洁城马褂哥

拂晓常逢马褂哥，手持短帚慢移挪。草坪琐屑齐齐拣，石缝尘埃寸寸捋。

脏与累，又如何，小城洁净客来多。人能织得仙乡锦，我亦翛然递几梭。

2020.10.5于郧西

千秋岁·絮语遥祝寄天祥

超群才貌，荆鄂谁无晓？官若仆，师为表，两郧夸誉久，十堰殊勋耀。宏硕德，教人怎不躬身效。

棋局钦君巧，乒技知君妙。颜柳体，宫商调，情专颐兴趣，业熟多同好。人乐此，岁拥双甲何看老！

2020.9.30于郧西

鹧鸪天·有感牛春慰问

刺面霜风六九天，使君轻步草庐间。凝眸颔首聊家计，屈指平心数变迁。

庚子困，未迍邅，城乡竞发创新篇。一回温慰愁疑解，教我从今不失眠。

2021.2.7 于郧西

沁园春·游子心迹①

身荡生城，业创遥途，总恋旧庄。怕经年苦蓄，徒然销尽；平生好梦，未竟先黄。父老殷期，芳邻久盼，怎使江东美意伤？机缘巧，应扶贫征召，复返家乡。

流光②万里无疆，善聚集、何愁不小康！幸国施新政，撑人臂膀；群情契合，暖我心房。厚实资源，精英团队，必出于今大乐章。飞天网，有猛狮搭伙，每觉都香。

2020.11.21 于郧西

【注释】

①游子，指湖北猛狮科技集团公司总经理姜兴均先生。

②流光，指太阳能。

望海潮·仰功余路站情怀

山乡兴路，谈何容易，实情当问功余。开隧架桥，清基备料，丝毫不敢轻敷。民望岂能辜？纵逢万重阻，仍旧精铺。网网相连，畅安专美众人舒。

时光怎俟今吾，感小康已至，俱振来途。天职在肩，新期入梦，千村百邑良衢。满足运行需。久历风霜味，最懂酴酥。指日频看好景，心绪自然纾。

2021.7.21 于郧西

千秋岁·教师节有寄

老师称谓，天下尤尊贵。黎民敬，君王畏。黉宫磨璞玉，渴土浇桃李。非他想，荏荏砚友知真谛。

传道求精义，授业图新技。勤解惑，多明理。人梯当稳搭，父母该相配。回头看，奋身书匠终无悔。

2021.9.8 于郧西

喝火令·清华追梦

不恋闲闺静，无思大款奢。外行何比内行差！真武此生追梦，撑起小柔丫。

好酒亲繁市，鸿儒爱上茶。产销绵密岂分家？履约江城，履约过秦巴。履约新格名品，壮我大中华。

2020.7.17 于郧西

江城子·吴家沟品茗

云街四望采姑多，背轻驼，指匆挪。嫩绿新芽，撮撮入腰箩。主仆相看皆抿嘴，行叠岭，垄盘坡。

盛如①贡茗亦磋磨，甚漩涡，未蹚过？种管烘揉，工序挺严苛。今见三千悬绝品，耕业者，是汪哥。

2020.3.26 于郧西

【注释】

①盛如，指乾隆年间上津堡吴家沟汪家大院汪家先祖汪盛如先生，是他最早从安徽太湖引进青茶种子在这里种植。现在，上津贡茶公司将“盛如”作为茶叶产品品牌。

水调歌头·匠心上能

曲涧接甘洌，平畈采秋红。两情欣然投合，移住小帘栊。一阵烟熏火燎，连日催眠热窖，胴体水溶溶。受得几番苦，方有酘醅浓。

再装扮，入甑釜，学鱼喁。清流喷出，犹感天与秋香风。随唤高师妙手，点笔勾调润色，分倩紫砂宫。酒市夸真武，时世颂豪雄。

2020.7.19 于郧西

鹧鸪天·创业心感

创业征程感慨多，回眸无处不蹉跎。曾经失落街头怅，几日寒巢变暖窠？

牛奋颈，马平轲，妇随夫唱荡惊波。勤劬赢得新天地，一寸韶光一首歌。

2020.7.20 于郧西

沁园春·兵哥圆梦

穿过军鞋，戴过行徽，摆过地摊。晓世途泥泞，缺车少马；满怀企望，举步维艰。辗转扪胸，来回顿足，哪日当家坐井田？沉思毕，又深钉紧铆，生怕行偏。

辛劳自倚甜欢，料博创，能开一片天。靠半方墙壁，几张《烽火》[1]，熬更守夜，赢得机缘。工艺翻新，热情依旧，业盖城乡未肯闲。皆欣慰，有精勤巧智，何梦无圆！

2020.7.22 于郧西

【注释】

①《烽火》，指兵哥所创广告公司做的DM广告新报。

满江红·寄感太和胸心外科[1]

流火初秋，随门诊、相知胸外。对影像、两师[2]疏导，暂消心碍。复得涛哥[3]真切语，才无临术忧思再。腋管丢、顿觉一身轻，悬惊解。

医护好，馨业界；医患合，尊仪楷。那铮铮八字[4]，犹魂长在！调瓣修房纾痛楚，清瘀摘赘降妖怪。离院人、起步总回头，都因爱。

2020.10.2 于郧西

【注释】

①太和胸心外科，指太和医院胸心大血管外科（简称“胸外”位于济康楼11—12层）。

②两师，胸心外科主任医师林称意、郭家龙两位教授。

③涛哥，我的主治医师刘涛先生。

④铮铮八字，即太和医院建院半个世纪以来所秉承的医魂：崇德、精医、和道、济世。

千秋岁·花甲新祝寄董兄

灵聪儒雅，举止尤潇洒。师有表，官无架，郧乡名气远，车邑功劳大。人所敬，直言不带丝丝假。

惯宿偏茅舍，谙熟平民话。教喂养，帮耕稼，倾心除旧想，点笔描新画。临耳顺，仍如文正[1]忧天下。

2020.6.23 于郧西

【注释】

①文正，指宋朝大思想家、政治家、文学家范仲淹，其字希文，谥号文正，世称文正公，他在《岳阳楼记》中有“先天下之忧而忧，后天下之乐而乐”句，流传千古。

鹧鸪天·九日即景怀警

四野萧条凛冽天，唯歆松柏葆春颜。岩头张臂迎霜雪，风口倾身堵雾烟。

梅竞放，柳酣眠，绕枝对鹊应声欢。若无卫士晨宵护，哪有而今紫屋安。

2021.1.11 于郧西

念奴娇·杯饮几思寄人

彤云香雾，蕴重重顾念，丝丝怀想。前辈织来三尺锦，岂在我生雕丧！一幅蓝图，八年勤苦，基业葱葱长。金牌相守，未教茶客失望。

秉性诚笃和温，自藏仁爱，见事心胸朗。满目青龙相叠卧，谁道从天而降？拍合人心，言随众意，情累非朝晌。端杯酣饮，别将栽者轻忘。

2020.10.23 于郧西

祭天神·忆母亲

看母亲心境多开朗，问回回、几许艰辛从不讲。晨昏沐雨临风，肯歇匆匆晌？为儿孙立业兴家，播希望。

教趁早，防疏宕。更勤把、书盏油添上。庐虽简，衾必适，冷暖皆舒畅。叹如今、高楼明牖，精着豪车，景福重重，你却南山躺。

2020.10.27 于郧西

鹧鸪天·光福来家河寄姜弟

孰与来家别有天？重重铠甲覆山巅。无妨雨水行凉义，独借晴光缔热缘。

横列阵，竖关联，面斜脚稳伏机玄。猛狮翰苑人才广，乐得姜公一智贤。

2020.11.16 于郧西

鹤冲天·敬步耆卿《黄金榜上》原玉兼寄花甲四郎

人生路上，不必存奢望。勤谨顾邦家，非偏向。岁稔虽临甲，仍旧世途拼荡。何尝观懊丧！坚毅通灵，自有吉人天相。

施为善预，无惧重重坑障。习武更修文，都争仿。创业堪称好手，能成事、倾心畅。机缘逢几晌？未把虚荣，误作雅歌哼唱。

2020.11.30 于郧西

满江红·微祝赠舍弟

壁土如钢，坚韧劲、无须细说。撑梁义、家庐国厦，何曾身缺？悌孝常拥晴朗日，公忠自得明明月。几十载、勤笃写人生，风仪别。

从戎秀，襄轨惬；为父楷，当儿贴。善寻机问巧，百福相叠。尽览山川颐雅气，遍收花露馨名节。往前看、芳景晚来多，耆龄悦。

2020.12.3 于郧西

千秋岁·写给二姐①

贵生丁亥，文雅还风采。初入嫁，都崇拜，家中撑梁柱，院落尊模楷。人灵秀，一河两岸成依赖。

业绩何须晒，研习唯图解。勤奋者，谦和派，儿孙均厚宠，亲友无偏爱。随心岁，仍将余热温时代。

2020.10.13 于郧西

【注释】

①二姐，指曾在河夹镇箭流铺村小学等任教几十年的王宗秀老师，亦为作者家族中的二嫂，“二姐”。

水调歌头·赏土门油牡丹产业园

今说牡丹贵，何止在于花？相咨兰姐，每每都把籽油夸。天赐植脂珍品，地聚多维单素，药食两仙葩。知晓个中味，种管总无差。

春放朵，秋结实，市场嘉。休持疑虑，区域连片几山洼。香引群蜂阵蝶，枯逗行商坐贾，村落也喧哗。数载荷锄累，千百小康家。

2021.5.3 于郧西

凤衔杯·致尊祥先生

使君偏爱吾诗会，多往复、远谋深计。酝酿闲庐，恭祝华堂内。期语速、忠言细。

采风辛，点屏累。常发帖、暖心相慰。盼着仙乡永好，倡联袂，烘托人文气。

2021.5.15 于郧西

鹧鸪天·楚窗耀红霞①

往日深山一小丫，如今业界显才华。纸刊网报堪娴手，风影云图若大家。

观拂晓，写西斜，天河故事顶呱呱。亦师亦友人钦敬，怎不专心将你夸！

2022.3.18 于郧西

【注释】

①红霞，指郧西县文联主席杨洪霞女士，她的新闻、摄影作品成千上万，多次荣获央媒及地方媒体大奖，郧西人多以“才女”相称。

二色宫桃·悼袁隆平院士

怎忍悲听星陨落，九域泣、如凝山岳。因有一颗圣洁心，名威巨、德高才博。

平生植稻唯欢乐，秉初衷、践行期约。禾下乘凉梦已真，新良种、可曾叮讬？

2021.5.24 于郧西

一斛珠·致国洋君

忙忙碌碌，寻来芳草能填腹。柔羊怀想摹鸿鹄，志在云天，拾得平生福。

从戎恰等君追逐，为农当试吾生熟。经年拼打乡亲祝，怎不欣然，少了黄昏蹙。

2021.5.25 于郧西

鹧鸪天·游天河风景区兴怀

孰泼丹青作意新，一勾一点总销魂。山樱竞茁黄蜂戏，涧葛争妍紫蝶跟。

知太极，览红尘，持中守正克邅屯。劳劬拾得天河秀，赏者何人不念君？

2021.4.6 于郧西

满江红·养路工匠熊炳富

补路修桥，图顺畅、是吾天职。多少载、深山荒野，碎砂寻石。七里沟旁除险况，三官洞里消危急。“鬼门关”、旧貌换新颜，群情激。

做工匠，都不易；方技巧，凭研习。有高招在手，虎能添翼。凿盒铺油依步走，清基下料分层挹。想而今、人叫一声师，心甜蜜。

2021.7.22 于郧西

喝火令·80后经理许中华

既有凌云志，当颐点石工。路桥常嵌我深衷。全网畅联舒美，方域早丢穷。

露踏泾流畔，霜行叠棘丛。审详依据再言中。巧在勤勉，巧在善沟通。巧在众人相捧，甚事不成功？

2021.7.23 于郧西

沁园春·兴路管家孟庆华

五秩年龄，不懈追求，佩服庆华。既投身筑路，休耽活苦；寄心养业，怎怨行差？宿露餐风，熬更守夜，哪有工程哪为家。初衷固，纵刀山火海，仍去攀爬。

情知建管如麻，欲推进，当须两手抓。每清基择料，一丝不苟；排危除险，百密无瑕。善用能人，严施约制，才使长衢分外佳！今欣慰，历条条干道，来者都夸。

2021.7.21 于郧西

夺金标·用热血传递真爱

岁稔深长，韶光几短，达者何曾摧折？况是行腔甘露，滋体原粮，养生津血！叹严君壮举，恁多年、从无停歇。更争新、机采“熊猫”，搭救非常稀缺。

施爱皆言自愿，服你恒心，每次依然激悦。百里来回十堰，能使吾辛，莫教人慑。算经时累数，问当前、谁还超越？最惊奇、路政专衙，亦出仁怀贤杰。

2021.7.24 于郧西

庆春泽·致青年养路工张明国

接过泥锹，拿来扫帚，怎忘父辈神形。根扎深山，唯图公路安平。今吾碾子[①]孜孜学，只一求、意志相赓。做工人、不懂匀砂，怎补残坑？

皆知养护多风险，但怀揣绝技，甚事无惊。障解危除，当时何种心情？辛劳总有甜甜获，在榜中、更在途程。感韶光、与你同追，好慕年青！

2021.7.24 于郧西

【注释】

①碾子，指碾子湾公路站。

谒金门·仰赞航天英雄

心胸旷，敢在太空飞荡。三月晨昏详察访，只图多采样。

偶尔出舱悬望，拍下瞬间珍像。为了航天新梦想，我该添力量！

2021.9.17 于郧西

风入松·兄弟竞聊丰年喜

酌今不与往年同，除夕赛夸功。孪生俩弟谈恬退，三四儿、争说房栊。尤是老幺怡喜：小钦终上华农。

斟杯添盏乐融融，心感挤喉咙。如无膏雨常施济，怎赢来、庭苑葱葱。该备欢宵灯火，相祈新岁多丰。

2022.1.12 于郧西

眼儿媚·年下尤思域外人

堤柳抽新腊残微，门上锦联齐。箧笼合碗，釉坛陈糯，只等人谁？

哓他仍在持枪立，岂是老京畿！面迎黑友，心揣乡故，路远难归。

2022.1.27 于郧西

千秋岁·寄祝花甲小弟

岁逢癸卯，时向浓春绕。龙举首，花香杪。雷鸣惊百蛰，曦暖迎千鸟。舒适候，慧灵玉兔生来巧。

入宅修身教，行外持仁道。娴诫子，诚尊老。梦追家业旺，愿寄儿孙好。龄近甲，俨然就是年轻貌。

2022 年二月初九于郧西

感皇恩·敬贺学哥八十寿诞

八十鹤松龄，天然福分。邻里钦他讲诚信，待人重义，做事桩桩沉稳。阖家依榜样，都勤奋。

曾记当年，钱粮吃紧，独住崖头实难忍。为开新宅，烧瓦竖墙堪迅。眼前楼又起，儿孙俊。

2022年二月初五于郧西

鹧鸪天·为瑞琦高考中榜题贺

清晓银屏响雅音，都夸贤杰是徐钦。十年苦读登皇榜，一辈专攻入翰林。

灵巧女，有雄心，无愁甚业力难任。孜孜以学天然习，笃信新征不负今。

2021.6.25于郧西

夏日燕黉堂·写给《大岳诗盟》三周岁

傲车城，出一枝独秀：《大岳诗盟》。三载拢众志，赋界广知名。期期佳品歌时代，每临吟、若嗅兰馨。那肩齐五绝，联新七律，思艺都精。

诸事靠人撑，尤男儒女雅，同气同声。学研发愤，功利孰相争？群中不泥曾经职，是业师、还是门生。记起初意想，共施心力，必有收成！

2022.6.15于郧西

鹧鸪天·荆楚田园天河诗社揭牌

喜鹊喳喳绕绿槐，今天不似昨天乖。时而伴客留新影，忽又追莺踏玉阶。

何场面，百余排，仪男健女笑盈怀。一声启动红绸落，露出“天河诗社”牌。

2022.6.30 于郧西

鹧鸪天·寄赠郧西医院皮肤科

善诊由来细琢磨，皮肤未必小儿科。烧伤划破深消毒，溃烂生疼速去疴。

红外照，药汤搓，中西合璧验方多。心怀博爱情怡患，常感身边笑语和。

2022.7.8 于郧西

鹧鸪天·夸夸十堰“好仕途”

相问何寻好仕途，行人尽晓在车都。师资自是荆襄霸，学者堪称汉魏驹。

赢数考，未吹嘘，答题陪练细无疏。状元重叠光荣榜，君见谁来毁约书？

2022.7.11 于郧西

江城子·致敬西十高铁郧西段的猛士们

隆隆盾构气轩昂，硬能撞，软能蹚。进退从容，人誉洞中王。利器须看谁役使，中铁隧，是豪强！

皆知西十暗途长，细思量，巧磋商。企政融和，行事有规章。追日赶时求质速，天不负，奋身郎。

2022.4.14于郧西

鹧鸪天·致高铁新友李见芳

一说朋俦出洛阳，悄然生敬感荣光。牡丹皆赞都城好，人物堪夸老邑强。

中铁隧，世无双，能拼善打美名扬。千兵合阵郧西段，尤慕英雄李见芳。

2022.4.15于郧西

千秋岁·郧西高铁隧道施工现场兴怀并致桂玺兄

浓春时节，没空寻花叶。西十隧，重重叠。三年铺轨道，四载通专列。时间紧，谁教我等从行铁！

尽晓山难掘，也懂衔难接。尘世闯，泥池捏。何天陪整日，几夜观明月？无须叹，持旌桂玺心情悦。

2022.4.16 于郧西

握金钗·题陈公《跃虎石》

生肖位居三，声名独当一。雪睛风耳霜额，四体毛黄夹纹黑。称李父，誉山君，呼荡客。

狐敢借其威，人常效其力。气吞万里谁笔，不啻诗骚玩超逸。低瓦屋，阔衙门，都镇宅。

2022.4.1 于郧西

天仙子·赞中铁隧英雄兼寄亮哥

麾指山腰车阵往，开洞运渣如打仗。披星戴月战犹酣，钻尘浪，穿草莽，都为偏隅千载想。

历久隧桥成熟项，越岭过河无异岗。红衣红帽一挨身，精神壮，豪情爽，几事能难何小亮？

2022.4.17 于郧西

第五篇 山水采新

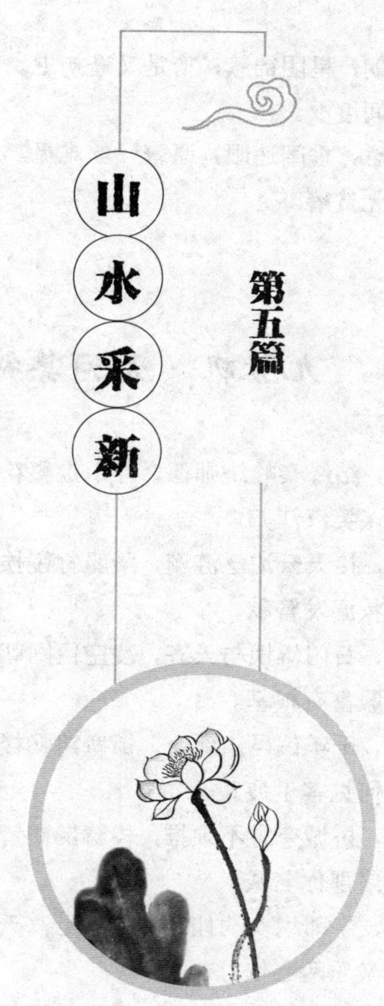

鹊桥仙·七夕新说

月牙清朗，星团锦簇，猜是又逢初七。千百灵鹊挺腰身，接帝女、人间度夕。

闲楼惬意，香闺迷眼，原窘一丝难觅。从今不想再分开，知故土、已无贫瘠。

2021.8.12 于郧西

九张机·天河集锦

一张机，结缘秦岭绕郧西，行山走壑花丛里。朝朝暮暮，心滋神爽，谈笑汉江归。

两张机，接天云泊泛涟漪，柴船竹筏挨肩比。摇摇晃晃，掬珠撩逗，妆湿发簪攲。

三张机，石门雄坝与天齐，凌空巨网朝南递。光明万户，热兴千业，殷富有根基。

四张机，千年偏邑出新奇，街宽路畅楼林起。滨湖闹昼，水乡欢夜，何见客生疲？

五张机，桥城夸誉不须推，梭簪鹊鹤皆精魅。瑶阶玉拱，彩虹琴键，诸郡你名威。

六张机，牛郎织女约佳期，年年七夕天河会。悬针舞线，浣纱听笛，辛乐两心依。

七张机，石沟民俗万宗迷，婚丧嫁娶行行备。当朝历代，乡愁民苦，观物便清知。

八张机，沿河廊道沐芳菲，黄莺雪鹭瞧鱼戏。时登岸树，时藏汀草，时又赛翻飞。

九张机，流波抛口惜分睽，抔抔故土生留意。秦关楚塞，蓬莱仙境，无想去遥畿。

2020.5.20 于郧西

沁园春·咏郧西马头羊

雪色风披，朱紫柔唇，目捷耳灵。望额头无角，面如白马；胸前有缀，态若摇铃。越谷攀崖，穿林踏棘，湿野干栏过一生。芳香草，最滋肠暖胃，托体撑形。

何牲百载嘉称，肉质美、它群谁与争？誉丰肌鲜嫩，饴咽合口；靓汤大补，壮骨填精。老者孩童，虚夫乳妇，都谢家人着意烹。休疑信，有地标相护，旺市难停。

2021.8.21 于郧西

水调歌头·幸福刘家湾

种下发财树，不必再忧贫。经年创业心感，唯此最当真。四季应时嘉果，连户怡情民宿，昼夜客纷纷。知悉个中趣，旅次复登门。

郧羊路，天河水，绕全村。无愁行市生变，俏品总招人。清晓鲜园挑摘，交午空车回返，钱袋坠腰身。幸得透墒雨，泼绿一湾春。

2022.4.12于郧西

沁园春·登悬鼓山感怀

流火秋初，漫步玄山，放眼感新。看出奇悬鼓，若吞若吐，凌空赛鹊，如梦如魂。巨福[①]凉亭，清溪碧库，攘攘熙熙逸兴人。三丰像[②]，矗松涛栎海，分外传神。

丹青笔者超群，甚情趣，描来一卷春？料常怀博爱，持撑憧憬，惦念乡愁，欲报鸿恩。千阻能排，万难可破，岂负铮铮已许文！翻红榜，觅众多赤子，尤敬饶君。

2019.8.19于郧西

【注释】

①巨福，指矗立于玄鼓观旁摩清康熙帝书写的“福”字牌匾。

②三丰像，指立于悬鼓山后的道家宗师张三丰铜像。

满江红·仙境桃园寨[①]

邑外桃园，最入眼、松茂柏荣。颓垣峻、绵延数里，气势恢宏。袅袅飘烟香庙宇，悠悠牧笛荡闲亭。草丛中、怪洞冷森森，奇更惊。

神来景，天作成。新文旅，看洪兵[②]。拟周详规划，分秒相争。百色珍禽精喂养，千宗花圃细耘耕。到那时、古寨客熙熙，声誉腾。

2020.1.7于郧西

【注释】

①桃园寨，位于郧西观音镇桃园、黄土和涧池乡牛儿山、偏头山等两乡五村结合部，海拔700米左右。

②洪兵，指观音镇桃园寨专业合作社董事长樊洪兵先生。

鹧鸪天·小沟赏新赠协弟

居倚宝山①眼界开，尽收云水瑞祥来。一陂荷绿怡情趣，列阵寒青②畅心怀。

逢盛世，福相挨，儿孙皆是栋梁材。小沟正酝新棋局，族旺家兴不用猜。

2020.1.4 于郧西

【注释】

①宝山，地名，指邵家沟村小沟后面的天宝山。

②寒青，竹子的别称。

鹧鸪天·元旦新祝赠双庙徐家大院

山势逶迤早有名，水形舒缓绝无声。西宽东阔承祥瑞，舍睦邻和享福荣。

双老智，子孙灵，骄人基业汗凝成。勤劳自古看家计，谁个坚持谁勃兴。

2020.1.1 于郧西

喝火令·九日寄梅

嫩蕊沾银露，疏枝带褐霜。每逢寒透独芬芳。应捉一丝春信，捎与戍边郎。

驿使催行急，癯仙挽髻忙。切心何管路程长。一日津关，一日歇龙王。一日泊舟东岛，拱手接辽阳。

2019.12.31于郧西

浣溪沙·冬晓遇酥梅

冬日清晨小径旁，未曾寻得一枝黄。隔湖听惯捣衣忙。

倏忽风来馨沁鼻，转头丛蕊正芬芳。贞君当属九天王。

2019.12.25于郧西

清平乐·快活桃园寨

驱车郊外，香雾桃园寨。地主年猪刚杀宰，骚客岂能薄待。

红炉鼎罐烹鲜，栎柴土灶闷脔。杯酒皆抒友谊，尽情犹在吟拳。

2019.12.15于郧西

清平乐·冬候访槐乡

行程虽远，耆老谁知倦？物貌人容皆抢眼，尤觉桩桩稀罕。

菇棚五里三湾，茶龙雾岭云山。僻岔偏沟米贵，寒塘冷氹鳟鲜。

2019.12.8 于郧西

好事近·周七走江村（五首）

小雪刚过，贤鹏、永金二位会长带领我们驱车涧乡欲拜谒娘娘山遇雨，才择路过董家沟，沟口即见正在紧张施工的孤山水利枢纽工程。中午在乡府小憩后，又到天河口观沙坝，逛小镇，隔江眺望天河口到五峰的汉江大桥。回县城的路上又跨过天河铁桥，沿山沟水岸走入陈海清女士的松涛斋饮耳茶，听禅语，一天好不自在轻松。

拜娘娘遇雨

山暗鸟声稀，烟霭灌丛传哑。几顶晃悠花伞，已慢移崖壁。

慕名此处拜娘娘，何愁路宽窄。陡觉雨丝加紧，受一时惊惑。

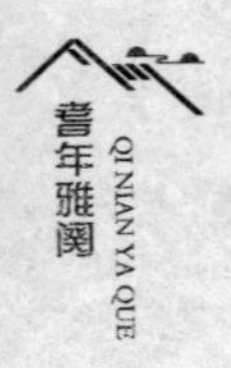

董家沟闲聊

回转过长沟，多见闭门空宅。偶遇妪翁相问：是哪来新客？

走村串户劝扶贫，回回得填册。疲累几多车马，费我汝心力。

孤山水电梦

出壑望孤山，巨坝已将江扼。千米吊装腾起，顿紫泥嵌入。

经年水电富民歌，今天正酣笔。不会让人长等，庆两郧增益。

天河口览新

故道又添新，沙坝了无残迹。天赐一街春阁，看游人云集。

跨江长臂展红旗，工程似催急。栈道已连河口，过五峰终易。

清斋听禅音

松壑素斋楼，熟炭酽茶安谧。佛语道音溪子，点形神珍秘。

终身觉悟学鸿儒，最当去顽癖。胸阔眼开心静，让人生飘逸！

2019.11.26 于郧西

西江月·“盛如”佳茗

出落油光水化，妆梳身显名垂。千揉百烤别罗帏，岂是等闲滋味。

推溯果来望族，观今又结新麾。心同创业若登梯，步步芬芳相慰。

2020.3.27 于郧西

附：王太宁《吟宏模赞盛如茶词有感》

久闻盛如醉乡邻，十八盘顶呈贡品。
上津官道达四海，金钱古渡通皇城。
千帆待发为一叶，万商会集争三春。
至今芳香不负信，禅房老友多登门。

2020.3.29 于十堰

西江月·神雾岭毛尖

身处高山云雾，名来青碾红炉。年年宾客踏春稠，每啜香浓甜透。

掐指修龄半世，计程品貌双优。谁教此茗恁风流，雅境贤人清候。

2020.4.1 于郧西

南歌子·佛山翠峰

雾洗坡坡翠，云缠垄垄葱。流光齐笋赛春容，生怕采姑不让入芳宫。

次次冰床碾，回回滚炭烘。几时炼得栗香浓，方可盛装嫁给紫砂公。

2020.4.5 于郧西

醉花阴·仙姑玉眉

泗浴绵绵云壑水，似带兰滋味。常使岭畦茶，枝壮芽华，咋看都柔媚。

皆言俊鸟深山里，一验知根底。料事有高人，工序精严，难怪诸商挤。

2020.4.6 于郧西

声声慢·清美四月

桃青杏嫩，麦崭油钩，春溜夏入时节。瓜垄新苗，清早又抻三叶。池塘藕尖，似童拳、随风摇茁。土屋外，像群蛙赛鼓，梦更添惬。

景福源于天地，怎配享、抛仁厌勤冤孽！纵使艰辛，初志不能轻撤。蝇蜗小名末利，更应该、丝丝阻绝。几十载，曲中行，谁负四月？

2020.4.20 于郧西

暗香·牡丹吟

年年竟赏，问叶凭孰展，花因谁放？雅号万千，魏紫姚黄俱时尚。潇洒风流气格，群芳里、寻无重样。论美誉、溯遍山河，还是洛城响。

名望，最配享。料欲吐动京，并非空想。锦帏翠帐，娇艳贵妃也曾怅。纵使江淹梦笔，香与色、一图难壮。又四月、倾国景，倩君咏唱。

2020.4.14 于郧西

鹧鸪天·亭南赏牡丹寄友

菏泽丹株洛邑花，春阑夏始显荣华。犹堆绣被蓬莱女，若卷罗帏紫阙丫。

豪放格，自清佳，天香国色岂矜夸。生来不厌人旁妒，量窄何曾是大家？

2020.4.16 于郧西

念奴娇·真武兴业小记

又尝真武，已非同过往，些微香色。楚塞秦关憨恋状，应是自然成习。老号荣名，新牌雅望，恰巧都相得。如流车马，每天多少行客？

创业不仅勤劬，思深虑远，尤可匡时逼。几顾茅庐寻妙手，欲蓄陶钧功力。羽翅修成，云空何展，半世争朝夕。翻开长卷，抹涂皆费文笔。

2020.7.14 于郧西

千秋岁·喜鹊留客醉真武

湖边高树，喜鹊喳喳语。邀贵客，尝真武。千年资质老，今世声名著。秦楚界，来来去去多商贾。

品味甜唇叙，风色圆睛睹。红粟料，香醅母。馏蒸花涧水，冰镇陶缸库。知柔烈，贪杯偏惹旁家妒。

2020.7.15 于郧西

江城子·登真武阁①兴怀

天河水畔赏华宫，鹊吟松，凤栖桐。前后星桥，早晚共芙蓉。此境谁家能配享？真武业，正为东。

辛劳半世望兴隆，守初衷，练精工。道法深谙，个个是才雄。团队刚柔多在帅，钦朱总[②]，好谦恭。

2020.7.16 于郧西

【注释】

①真武阁，指矗立在天河水畔的真武酒业公司玉砌楼宇。

②朱总，即指该公司董事长兼总经理朱上能先生。

满江红·真武新赋

半世情缘，忘不了、窖藏真武。天作意、酱浓双绝，誉香秦楚。魂是龙河花涧水，精为南畈红袍粟。守初诺、客户乃慈严，谁违忤？

修威德，行正路。成大事，须抱负。看猷宏志远，令人倾慕。曲好醅匀甘洌涌，源长市旺金鎏入。更欣慰、骁将领奇兵，如飞虎。

2020.7.18 于郧西

小重山·双仙说绿宝

不是金儿不是银。世间稀罕物、总传神。牛郎知此故乡珍，窥觑毕、急与织仙云。

一戴福随跟。常玩流运好，不忧贫。每年秋月半钩轮，持松佩，和你共销魂。

2020.7.25 于郧西

酒泉子·神雾秋茗香

山雾蒙蒙，涂得岭芽鲜又嫩。入砂壶，香沁鼻，赛春茸。

南来北往客相重，应是时需趋近。日三杯，心气爽，度闲冬。

2020.9.16 于郧西

鹧鸪天·临中秋随老干部赏游天河记

节近中秋亦暖和，妪翁相约逛天河。沿流紫阁参差起，抢眼银棚复叠过。

长绿道，景观多，临江飞跨正鸣锣。钦看爱谷惊人变，幸得时贤巧琢磨。

2020.9.24 于郧西

天仙子·满城桂气伴双节

桂子从来开八月，未料今年先作别。甘霖油贵续三场，根墒彻，苞意惬，二度馨香谁不悦？

苑妹蕊前挨鼻贴，邻媪枝间伸手捏。中秋国庆逛山城，稀罕物，尤思折，此际紫瓶花正缺。

2020.9.29 于郧西

贺圣朝·春游天河有怀兼寄饶总

诗家多誉天河美，晓因由无几。千重古景焕然新，料有人相济。

桃园樱谷，三丰丹士，镇郧山襄水。奋身文旅梦成真，仰饶君奇慧。

2022.4.13 于郧西

疏影·咏竹

凛然洒脱，处楚山润土，胸自开阔。淡泊无争，寒暑长青，锄云傍石都悦。萧萧即懂民间苦，秉性直、千秋名节。欲扪心、细想曾经，可有此君超越？

豪气谁人不仰，古骚每蘸墨，皆出奇绝。县令白描，巨擘清词，总使琅玕鲜活。子瞻笛咏夸材好，质所在、五音翕协。喜而今、亭榭书斋，常遇篁家雅物。

2020.5.8 于郧西

采桑子·滨江暑日写意

滨河水畔穿杨柳，翠映晴湖，迷醉群凫，竟效游人瞅晃图。

风来乍起连环皱，流影模糊，聚鸭唏嘘，一卷丹青眨眼无。

2020.7.6 于郧西

惜春郎·人日观玲珑园

雪墙棕架玲珑石，有巧工雕饰。云梯探宙，岛仙捞月，撩眼惊魄。

最是清波松画逼，挺拔更飘逸。鹤在轩、即使枯根，也赋一身春色。

2021.2.19 于郧西

归去来·华盖山沐春（三首）

其一

成队游朋骚侣，今个何心绪，华盖山巅吟佳句？元宵近、逗春趣。

松壑传莺语，休争俏、善缘天与。看看已觉时交午，留张影、好归去。

其二

抬眼千松齐鞠，无暇樱花觑。风带天香何撑拒？忙清鼻、快迎取。

华盖非虚誉，尊严在、望而生惧。常人未必能随遇，心恬淡、懂归去。

其三

南眺城楼如柱，龙脉仍相续。难怪仙乡夸牛女，人贤惠、祉才巨。

偏境当无贫户，逢时泰、国强民裕。曾经有过田塍许，耘耕未、怎归去？

2021.2.21 于郧西

一七令・迎雪

雪，晶莹，透洁。玉身贵，都争接。去岁常念，开春更切。亭梅等润枝，篁阵思疏叶。风云昨夜相聚，喜轿筹将妥帖。千呼万唤果然来，期待此时休话别。

2021.2.26 于郧西

一七令・竹

竹，身高，叶绿。楚山生，湘水育。亮节人仰，虚怀我慕。谢府感怡心，王家夸悦目。咋看都是风景，应召能撑夏屋。荏荏老干绕新枝，谁说翠篁非旺族？

2021.2.27 于郧西

鹤冲天·缘结神雾岭

云山雾岭，是处流芳景。宾客四时来，清佳兴。乍觉盘龙动，犹与采姑交颈，双双心手应。纤指娇芽，作合一杯新茗。

缘情半世，谁厌征途泥泞？入眼绿无边，超千顷。几次金銮大奖，行家比，何虚赠！皆因名气盛，感奋今人，又拟百年憧憬。

2020.10.15于郧西

天仙子·神雾采风

雨霁采风神雾岭，泼绿重山颐雅兴。流芬长垄最痴迷，飞鹊影，衔芽景，笑侣欢朋皆入镜。

树下巧农除杂梗，香汗湿衣衣渍颈。辛中逸乐好寻常，休惜劲，勤耘整，只为来春多上茗。

2020.10.19于郧西

少年游慢·茶花

端庄还雅洁，亦有非凡气节。从菊凌霜，疏梅经冷，都超越。流馥堪恒久，孕蕊无停歇。清世怡人，欲将是处香彻。

释爱休匆决，谦让偏教群悦。未见娇盈，何来轻摆？胸襟阔。芳谢春知晓，瓣化根萌蘖。只盼新芽，年年竞相争茁。

2020.11.9 于郧西

竹马子·闲眺山邑

推高厦南窗，倾城可望，又添新感。正飞鹊鼓翅，金梭弄锦，垂虹如剑。叠瀑竞跃平湖，银花簇簇，扁舟飐飐。此地是谁乡？这游人，非只川湘陕。

往日行街巷，晴灰呛鼻，雨泥喷脸。经年裨补亏欠，仙邑清佳难掩。尽享五美诸祺，国强家富，还有何遗憾？朋贤直说，拟画尤光艳。

2020.12.5 于郧西

水调歌头·雪咏

一场冷风过，遍野落璇花。岁寒三友，尤恋臻此享清佳。松束银珠镶嵌，篁阵晶绫绽朵，冰蕊欲萌芽。万物沾灵气，只等接春嘉。

虫已灭，心地敞，笑语哗。减贫数载，倾国皆入小康家。街市新盈商贾，田垄叠丰谷庶，谁个不争夸？时代赋祥瑞，勤者自拥拿。

2020.12.18 于郧西

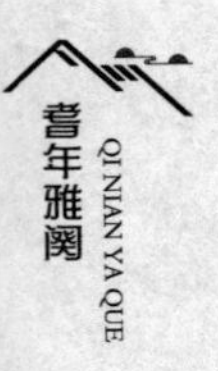

诉衷情·丰润何家湾

青龙白虎自成圆，环顾鸟难穿。图勾太极知何意，更嵌数层田？

花绕水，石流泉，润年年。人钦身养，客慕家齐，怎不留连！

2021.4.17于何家湾

一七令·紫藤花

紫，妙香，娇贵。灌丛生，山谷坠。叶茂枝旺，凰冠凤体。攀缘善积阴，含放堪寻味。春阑客阵争睹，更半魂番搅睡。名儒劝娶小园中，仍引蝶群拥架底。

2021.4.7于郧西

一萼红·家竹候悠

小城西，有蓬莱密境，每去不思归。林壑鸣莺，长河荡鲤，观者都觉新奇。水帘洞、幽中滴响，逗鹅坞、情急陡嘘唏。夏摘鲜桃，秋尝甜柿，仅是芳菲？

闲赏只图自在，怕遥山远海，腿累心疲。何往何还，天予两愿，休把云候耽疑。遇烦热、凉斋问石，避愁雨、香糯岂谦推。待客深明所求，家竹箴规。

2021.3.16 于郧西

水调歌头·谷雨山村行微记

适节落膏雨，遥望遍山青。不须祈祷，岁稔当有好收成。丘垄芽茶正采，陌上樱桃甜熟，来客接无停。圆了脱贫梦，再向小康行。

新规划，催得急，盼振兴。一家一策，优择产业作支撑。种植莫丢传统，养殖专攻草食，行市可拼赢。农舍欲长富，就得细耘耕。

2021.4.20 于郧西

春风袅娜·马头羊

说郧西羊族，活脱玲珑。名有始，誉非终。料当时、教士偶然捎入，岁交天续，方得雌雄。雪白衣冠，高挑身个，丱角存何分异同。细看犹如识途马，山遥溪隔晓归从。

依旧群居秉性，栏待野牧，索新食、也好强攻。嚼青草，厚肌胸。人夸品极，鲜市推崇。更有歌谣，逗情撩欲；用心男女，孰者愚憧？经年尝试，竟纷纷灵验；地标国认，荆楚先红。

2021.9.12 于郧西

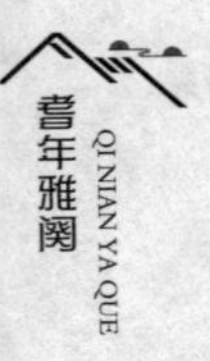

锦缠道·青春鬼步

石拱桥头，早晚踏歌奔舞。一排排、健男婷女，着装闲适非泥古，手脚偕齐，似跳天鹅谱。

乍飘然转身，暗惊多许。又螺旋、太空飞步，踹两回、犹见青春气，织乡奇景，往者都争睹。

2021.6.17 于郧西

水调歌头·郧西公路巡礼

人在车中坐，车在画中行。仙乡公路，沿线皆是锦山屏。四季花开慰目，每感鸟啼顺耳，日日好心情。未想峡偏地，也有悦怡乘。

闲适站，干净厕，更添荣。畅安舒美，新建颐养守其恒。基底高标夯实，油面精工轧紧，配套算垂成。化险随除碍，客主两无惊。

2021.7.18 于郧西

千秋岁·郧漫触景

车行郧漫，耳目双缭乱。牛女约，天河挽。绞肠杨将虎，云岭红军悍。来一趟，即知楚北千年变。

此路因何建，彼说凭谁撰？天子渡，秦荆栈。荔枝经递驿，甲水流江汉。龄近百，往来岂止皇家辇。

2021.7.19 于郧西

鹧鸪天·关牛路印象

十里沙沟一线穿，山清水洌客喧喧。同欣冷稻萌新蘖，争赏篷荷孕白莲。

凉意隧，暖心轩，出秦入楚享悠闲。双轮转得殷康福，路畅村兴好梦圆。

2021.7.20 于郧西

菩萨蛮·深秋异景

风云作兴谁能测，醒来已是清凉国。大雁往南飞，菊花香九圻。

草丛生露滴，雀鸟无踪迹。垂线此时抛，鱼儿都中招。

2021.10.8 于郧西

夜合花·咏菊

冷昼寒宵，柳衰桐老，独闻缕缕馨香。荷田叠盖，已无半片青张。桂花复梳妆，正担惊枝叶趋僵。是延龄朵，抽丝吐蕊，与稻同黄。

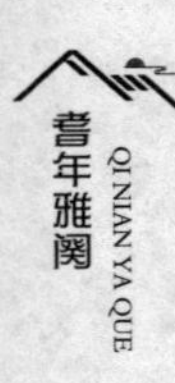

君中四杰呼长，论钟情，莫如陶令诗章。高风美誉，凡间几物能当？但不必心丧，处人事皆有彷徨。怕迟而再，终生愧悔，负尽秋光。

2021.10.14 于郧西

阳台路·郧西有个羊家村[1]

小桥[2]过，见一樽玉塑[3]，村前横卧。画中羊、竖耳昂头，迎说这边安妥。茶馆庖厨，柳下露檐，攘熙成夥。鲜滋各。怎不教、樱坊梅轩撑破。

景况谁人知晓，掌勺者、餐餐切剁。炖汤烧肉，百客适、味无偏颇。能常食、何分老少，健体益身均可。该来此地怡情，寻回真我。

2021.8.26 于郧西

【注释】

①羊家村，指郧西县城南天河坪村，近年兴起的以马头羊肉食品为主的餐饮业专业村。

②小桥，指过天河坪村七组的扑鸽岩桥。

③玉塑，指巨型玉石马头山羊雕塑。

水调歌头·郧西诗会四周年寄怀

丁酉极寒夜，华屋暖融融。一群歌者牵手，共搭小吟宫。识仄明平开始，炼句修辞起步，渐觉律声工。媒体偶刊载，犹感楚窗红。

创诗苑，编咏册，写深衷。晨霜暮雨，谁肯投笔享轻松？勤读今贤古圣，行走春山秋水，韵路未尝穷。幸有旌麾指，方得这帆风。

2022.1.11 于郧西

庆金枝·竞赏油菜花

满畈如绣黄，好颜色、更生香。痴蜂迷蝶贼灵性，嗅蕊欲先尝。

而今不啻从前景，妙龄女、巧梳妆，载歌载舞赛春芳，似为抖音狂。

2022.3.13 于郧西

桃源忆故人·樱花谷偶见

游蜂浪蝶迎花扑，遇客佯装蜷伏。粉嘴粘身香足，享尽春光福。

那年冷雨连天续，数躲风檐草屋。晴霁再来幽谷，嫩瓣皆萎缩。

2022.3.15 于郧西

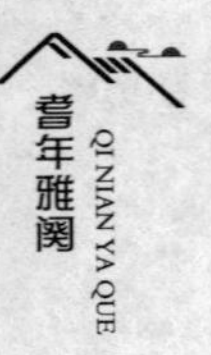

好女儿·南苑早梅

照旧那园梅，常在九前开。风刺霜侵无数，不见气形萎。

朵绽晓凭谁？凛洌日、温雅都追。生教人赏，天君所赐，怎敢心灰。

2021.12.25 于郧西

水调歌头·好山好水总留恋

别有洞天处，当属小城西。依然家竹，何使山外恁生迷？四季盈河甘洌，满目蓬峦芳树，笑语绕庭闱。人择坦途走，鸟拣净空飞。

凤凰阁，鸳鸯室，暖情闺。巢居藏爱，能不向往试心怡！况恋丹亭桃坞，更慕荷田菊畈，各自觅新奇。欲了缔姻事，于此最相宜。

2022.5.30 于郧西

沁园春·追梦神雾岭

几拨能人，半世兴茶，梦想荡胸。傲云山雾岭，披青堆翠；深溪浅岔，绣蟒雕龙。雀舌亲商，旗枪恋贾，船载车装库廪空。源何溯，是一腔热血，励鼓英雄。

驱穷怎斥愚忠？欲创业，腰身就得躬。纵荆缠棘绊，无停开垦；沟妨坎碍，尤要强攻。炸药吾掺，燃绳你点，谁怕随时耳震聋！坚刚气，若灯光高照，小镇通红。

2022.6.12 于郧西

一丛花·菡萏

炎炎三伏欲开头，谁不觅清幽？骚人早把荷陂指，簟凉伞、一望难收。终日引风，通宵吸露，舒境总消愁。

婷婷神韵也娇羞，身曳骨非偻。旗袍貌若苏杭女，碧田外、迷醉群眸。花底跳蛙，房篷嗅蝶，寻味到新秋。

2022.7.7 于郧西

江城子·退老游赏天河水乡

一群耆老兴颠颠，着新装，敞和颜。信步溪村，只为赏春鲜。入目樱桃都坐果，身个大，正光圆。

排排民宿倚林间，阁楼宽，设施全。游客挨茬，小二不曾闲。产业兴村开局好，民渐富，我心安。

2022.4.8 于郧西

踏莎行·樱花谷晚香

紫蕊将凋，雪蘼正茁，晚樱更显清标格。引蜂招蝶倚身香，撩哥逗妹凭容色。

惬意骚家，痴情赋客，每来皆有精工笔。春阑不为雨花伤，谷深何替风枝急？

2022.4.12 于郧西

满庭芳·别有洞天看家竹

梅坞携双，兰亭陪偶，尚湾佳日重重。缘楼婚殿，鸾凤正交盅。祝客无心散去，欲于此、颐享从容。孰知晓、邑郊密处，竟有丽山宫。

仙乡皆福地，开眸即景，不再难逢。说奇异、非单夏绿春红。最忆千坡菊浪，常掀起、扑鼻香风。临归侣，频看木屋，留意已倾瞳。

2022.5.6 于郧西

下水船·逛孤山大坝

一拨忘忧者，都坐轻车快马。相约孤山，赏看卧江长坝，果无假：右倚郧山直竖，左向危岩横跨。

真惊讶，立项熬冬夏，何届心甘言罢？暗想如今，亲来妙处闲耍，尤潇洒。机组难停运转，常水平添身价。

2022.5.11 于郧西

两同心·生态画廊百二河

放眼长河，碧流芳树。蓝桥上、熙攘游家，云空里、合群飞鹭。览车城，一轴千珠，异景无数。

探问诸君知否，巧图谁布？春耕卷、茂草欢牛，老街画、店男吧女。客每来，煮酒烹茶，己人相顾。

2022.5.16 于十堰

水调歌头·初夏西沟

山上树堆翠，塘里藕开屏。昨天似逢膏雨，物色异常清。阔叶哗哗拍手，针草微微低颔，笑脸接新朋。孰晓西郊外，还有古陶庭。

吊床晃，闲屋侃，钓台撑。一时杂思琐念，于此得安平。雅座红茶和胃，绿壁奇花养眼，谁肯早辞行？都说小园好，真个不虚名。

2022.5.16 于郧西

忆帝京·竹乡异景

尚湾何啻桑榆景，自引百家游兴。画阁嗅馨香，木屋移帘影。暗瀑觅银珠，叠沼当奁镜。

一转眼、白鹅交颈，再回首、彩鹈飞并。地号龙山，河为美女，可见千古无虚证。不信四时来，或料童心更。

2022.5.23 于鄞西

鹧鸪天·佳处好结缘

向慕郊西别有天，初来果觉景千般。群峰东起龙搔首，一岭中居凤整冠。

情侣阁，匹俦轩，长河正荡两人船。深聊浅说倾心处，臻此能教好梦圆。

2022.5.24 于鄞西

水调歌头·圣水湖巡礼

谁信老庸地，也出一名湖。今天亲见，何可教我不唏嘘！水上轻舟摇荡，林壑娇莺欢啭，像是赛怡愉。十载未曾访，尤感迹遐殊。

库塘卷，生态笔，永祺图。苍生追想，就得磨墨用心书。

咬定青山理念，尽纳宏才巧智，风雪未踌躇。清晓再瞻望，疑问已通疏。

2022.6.2 于上庸

画堂春·上庸随行有怀

一名兴废古今同，但非贬义平庸。久尊周易讲居中，偏颇何公？

可敬堵人守道，“十星”独创乡风。政倡家教两浑融，气势无穷。

2022.6.2 于竹山

第六篇

物候入阂

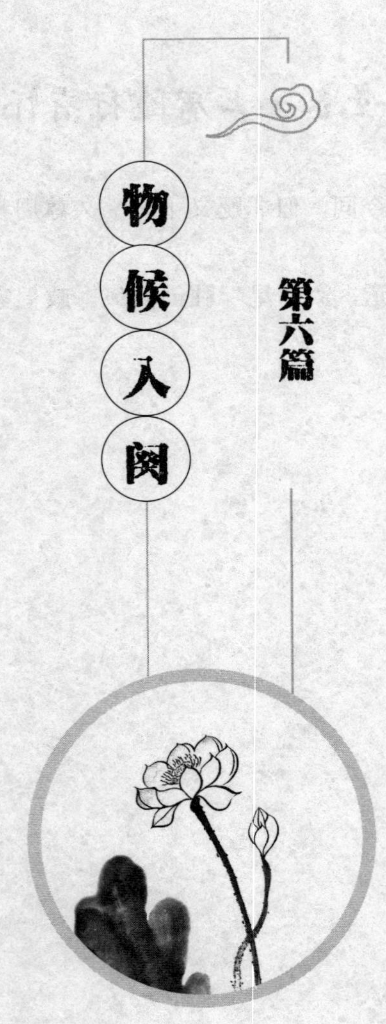

春光好·立春

东风至，蛰虫苏，陟鲢吁。三候尽知春复信，腊残无。

岸柳芽苞胀满，庭梅玉蕊凝酥。新岁何来庚子怅，七情舒。

2021.1.31 于郧西

柳梢青·雨水

獭祭新鱼，鸿飞北地，草木初萌。乍暖还寒，风来云起，天候常情。

皆言水到渠成，顺节序、当为景程。好雨知时，勤人颐福，至理无争。

2021.2.17 于郧西

握金钗·惊蛰

雷震百虫惊，残寒剩多久？望中梨洁兰秀，一岸红桃伴黄柳。梁燕喜，树莺欢，舒适候。

膏雨应佳时，勤人逐环扣。保花壮麦兴豆，种管如期不松手。春易逝，秒当争，失难复。

2021.3.4 于郧西

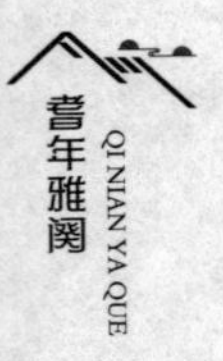

阮郎归·春分

玄归雷出气和温，临风叠叠熏。桃溪柳岸渐如茵，山乡满眼新。

耕地畜，采茶人，辛忙是仲春。黄金时节不图勤，何来家计殷？

2020.3.18 于郧西

麦秀两岐·清明

晴日千流澈，佳气万峰洁。泡桐华，虹彩叠，田鼠来踪绝。紫芽争茁村姑悦，栗香难别。

时正头冥节，祭祖当真切。剪花幡，行拜谒，数家都安帖。相祈事顺人欢惬，再图超越。

2021.3.29 于郧西

南歌子·谷雨

静水浮萍长，交枝布谷催。醉蘼总绕笑桐偎，像是东君欲别夏娘归。

花恨春光短，人烦暑气威。禾无温积穗难垂，心躁常将勤苦一风吹。

2020.4.19 于郧西

好时光·立夏

喽叫蛙鸣蚯出，春老去、夏初来。瓜蔓走竿酣畅劲，谁看不乐哉！

准备陪热暑，咐小妹、薄衣裁。免得眉头汗，弄黑俩桃腮。

2020.5.5 于郧西

唐多令·小满

蔓结嫩油瓜，塍开苦菜花。草蘼蔫、麦浪流霞。布谷吟窗知物候，新凉季、享清佳。

树有萎和华，月无玷与瑕。拟人生、此节堪嘉。酒饮三分微醉好，防骄满、忌雄夸。

2021.5.19 于郧西

画堂春·芒种

一收一种两头忙，江东最牵肠。今年三夏不寻常，都在思量。

借雨新禾移畈，趁晴熟粒归仓。千家万户有余粮，临乱无慌。

2020.6.2 于郧西

水调歌头·夏至

斗杓向南指，即感一阴生。见知三候，存状流变总分明。鹿角疏松脱落，蝉翼悠然张鼓，半夏乳芽青。接浪熏风起，温度渐提升。

长白昼，短黑夜，暑相乘。几桩忙活，还得依次与时争。豆垄间苗除杂，稻畈防虫控水，细节岂看轻？田父铲锄到，家国少担惊。

2021.6.21 于郧西

荆州亭·小暑

天气愈来愈热，蛐蛐躲墙而歇。鹰鸟欲寻凉，竟与低枝作别。

梅雨约时已结，始伏如期相涉。涝旱两交加，务必留心拿捏。

2021.7.6 于郧西

喜迁莺·大暑

蘼草烂，火虫飞，时雨耍淫威。乍逢连闪与轰雷，惊吓尺童啼。

光照强，风热盛，湿汗渍眉淹颈。当钦农友未生愁，田垄拾新秋。

2021.7.21 于郧西

凤凰台上忆吹箫·立秋

一枕新凉，几重浅露，间来暗柳蝉声。暑渐去、天虽续热，人觉安宁。更喜田禾吐穗，花累累、丰稔将成。多祈望、聚在此时，何样心情？

炎庚尚余少许，秋老虎，依然霸道横行。早准备、寻方对付，免再添憎。尤要提防疾雨，沱子猛、掀岸淹城。施为者，休把异候看轻。

2021.8.6 于郧西

风入松·处暑

看来秋虎已招降，无力再猖狂。金风正改农桑候，午仍热、晚觉清凉。鹰猎叶凋禾熟，亦收亦种人忙。

此时莫把祖仙忘，新味请先尝。中元施祭非他意，唯求得、岁岁安康。尤盼流瘟灭迹，周遭都不惊慌。

2021.8.22 于郧西

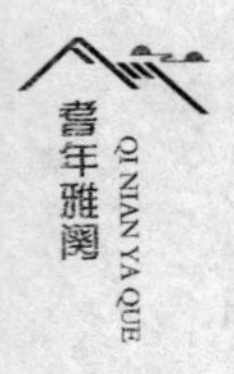

鹧鸪天·白露

节令推移不等人，瞬间催入仲秋晨。曦涂草叶珠圆亮，风抹田禾稻熟匀。

衡去雁，岭留鹑，干粮湿果快些存。应防物候匆然变，免得临时急坏身。

2021.9.6 于郧西

一落索·秋分

昼夜平分时节，震雷渐歇。蛰形无影雨声稀，大气爽、阴阳协。

瓜摘稻收人悦，丰年又决。芳邻道喜扎堆来，捧老酒、邀新月。

2021.9.22 于郧西

华清引·寒露

凌空大雁一行行，似去南方。绕篱山雀无影，欣然见菊黄。

此时气候好清凉，熟禾凝露新香。最宜高处聚，温酒醉重阳。

2021.10.8 于郧西

月上海棠·霜降

古人观测深秋候，照重三、应该未拼凑：树枯叶落、蛰曲身、猎豺陈兽。冬将至，活物皆知预后。

山枫不肯长青守，一夜间、红装已染就。细看丛菊，正堆黄、万枝繁复。怨西风，休再粗心信口。

2021.10.23 于郧西

庆春泽·立冬

亦暖亦寒天气。朝夕感身凉，束装难拟。初见冷溪冰，浅霜封地。大哈原形，酷如草丛雉。

收藏就在当季。开冻盼头多，也该先备。休再享余闲，延人耽己。雪讯临近，飕飕北风起。

2021.11.7 于郧西

南歌子·小雪

日觉全晴少，时嫌嶂雾浓。阴阳失合掩长虹，天地郁沉催候入初冬。

偶遇封山雪，随迎冷面风。御寒防冻正忙中，只想来年新盼不成空。

2021.11.22 于郧西

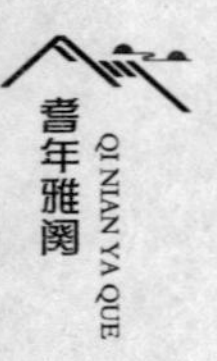

误佳期·大雪

林鹍已停鸣奏，山虎匆然求偶。还逢兰草正新萌，可晓啥时候？

麦盖暖身棉，人饮温情酒。好奇六出舞长空，瑞兆丰年又。

2021.12.7 于郧西

好事近·冬至

蚯蚓已成僵，麋角水泉生动。三候似烘星火，酝来年春梦。

皆言剥复一阳微，无他怎承重？至极必藏深变，信诸君都懂。

2021.12.20 于郧西

还京乐·小寒

朔风紧，已是群阴使极隆冬候。料霜鸿思北，鹊巢正垒，山鸡吟奏。遇隐阳还复，应询曲岸梅和柳，恁冷季，仍蓄美酝，清宵相守。

渐交三九，恐山萧水寂，烟浓日薄，教君不太好受。尤担寡妪孤翁，在此时、岂能将就！热心人、甘愿冒严寒，挨家访叩。早把温情事，匀于怜者胸口。

2021.1.4 于郧西

梅香慢 · 大寒

山野萧条，数岸竹岩松，尚持青色。冻乳长檐挂，看祖孙敲耍，赛抛晶粒。浅氹冰封，鱼欲跳、难寻丝隙。纵大阳悬，风仍削脸，水还侵脉。

天属此时寒，但相挨三候，便是春入。腊月无闲日，为接新辞旧，置衣藏食。更虑农桑，岁在丑、耘田多益。恐变情匆，飞来灾祸，陡生怜惜。

2021.1.20 于郧西

第七篇 勤读善悟

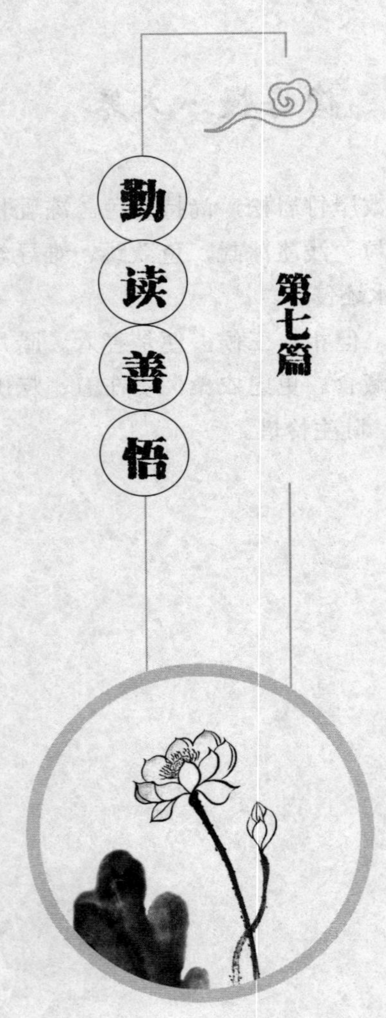

水调歌头·读《新年贺词》感怀

京阙寄新语，温暖万千家。声声传爱，俨若耆父宠幺娃。穷县可曾摘帽，贵药有无降价，件件用心抓。百姓些微事，别出半回差。

恰元旦，风日好，享春嘉。年年遥祝，期望天下四时佳。万众倾怀同欲，短板何愁无补，上下总应茬。民族复兴梦，岂敢负韶华！

2020.1.6 于郧西

满江红·读《大干带来大变》感怀

“五美”郧西[①]，声誉广、荆襄尽悉。尤耀眼，山乡华茂，郡畴难觅。百里天河成组画，满池玉阙非常笔。最称心、巧手是涛哥，清风必。

尚实干，言行一。怀远略，方纲密。为人民谋福，岂留余力？铆劲扶贫军令状，倾情游旅新征役。看如今、楚北战犹酣，鞭鞭急。

2019.10.15 于郧西

【注释】

①“五美”郧西，是郧西县第十四次党代会上提出的“人民生活美、经济富庶美、城乡协调美、社会和谐美、人文厚重美”。

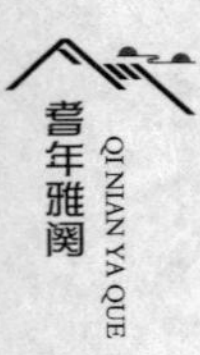

诉衷情·九日私房话（五首）

尊老敬贤四海钦

重阳尤感此君恩，尊老最诚心。腾房正定仪范，让座位、暖功勋。

新竹长，老篱荫，是天伦。爱怜翁媪，善待桑榆，华夏蓁蓁。

始终如一事方成

一娘九子性非同，谁不想成龙？苍天早立乾道，有愿景、久为功。

多少事，鉴初衷，莫惺忪。苦心谁负，睿智谁欺，唯恐无终。

旧习难丢人之患

年年今日酤新醅，无奈雨相威。寒流来势还急，怕屋冷、冻鲜胚。

都怪我，意徘徊，未先催。习成难改，更累家人，怎不心灰？

揣意聊诗也畅怀

恩公何必叹沧桑，来岁又重阳。橙黄橘绿时序，天作意、岂争强？

怀过往，感余光，别忧伤。晚霞稀罕，子孝孙黏，不是天堂？

子野延年有绝招

文坛高寿数张先，耄耋若华年。丽词挚友常伴，更懂爱、不孤单。

名淡泊，利轻看，百忧宽。笑谈儒杰，笔触花丛，一世翛然。

2019.10 于郧西

一斛珠·草庐怀忆

桐光虽弱，无曾误过先前约。倚床翻页孜孜学，一目三行，记性何如昨。

当时多怨风情恶，勤耕难有随心获。更愁怎把龙门跃，改革风来，未使良机错。

2021.5.25 于郧西

满江红·农校毕业四十年抒怀

岁入苍龄，谁忘却、温馨母校。江右岸、坯墙泥瓦，铁锅柴灶。学子莘莘求达理，尊师恳恳传明劭。尤感激、教我释疑功，修齐宝。

四十载，音书少。耕读梦，常萦绕。盼何时相聚，问声您好。莫缩边隅听怨訾，应朝阔处开眉笑。算余年、还剩几回春，情难了。

2019.12.18 于郧西

少年游·观《奋进的旋律》有感

英雄当属少年人，善创敢求真。倾怀才艺，盈腔豪气，何只好儿孙！

寻潮探汐空生电，千古撰奇文。把握先机，坐拥高手，岂患一时贫。

2020.3.3于郧西

八声甘州·修齐小侃

做情投意合好鸾俦，一生得壅培。为如初应允，图终密约，共暖同饥。像那鸳鸯信守，形影不分离。牛女相思苦，何必重提！

孰想翻书撩史，怕感伤故事，空惹帘帏。怎教阿娇[①]怨，牵损几姑姨？懂家人[②]，开明知顺，惜血缘，瑕玷岂深追。心相印，格高怀远，自重修齐。

2020.3.10于郧西

【注释】

①阿娇，指汉武帝刘彻的第一任皇后陈阿娇。

②家人，指《易经》中的“家人”卦。

鹧鸪天·自责

意想平生做楷模，谁知步履亦蹉跎。身怀巧技农无助，手捧黴书责有拖。

行孝少，叱呵多，齐家报国两偏颇。如今纵有千回忏，人老神昏怎奈何？

2020.11.13 于郧西

鹧鸪天·重读曹禺先生《我是潜江人》兴怀

书信虽过二十春，读来仍觉语清新。行行总把江乡念，句句喧阗祖籍恩。

情急切，意诚敦，尤惆几误未躬亲。今临湖畔超然影，知你回家梦已真。

2021.12.25 于郧西

解佩令·书庐记怀

时逢初暑，稍微闷热。一开窗、神畅情惬。绿树风摇，鼓乐处、腰伸肢拽。感于今、童耆都悦。

身为退老，心如学少，像当班、填词吟阕。伏案翻书，遇精妙、抄他两页。未曾思、习成难撇。

2021.7.7 于郧西

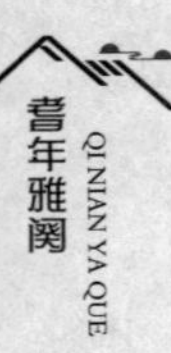

凤衔杯·新书引异想

新书到手尤欢喜，三卷续、怎生容易？畅适经年，疏履无思退。平仄广、音律细。

语含情，句藏意。能切要、别来滋味。一首缠磨几许，功夫至，文质才相配。

2021.5.10 于郧西

鹧鸪天·难忘大哥那句话

记得家兄曾说过，能拥一技道途多。行厨料想无饥腹，榨匠谁看有涩锅？

人巧负，马娴驮，恪勤娇懒两偏颇。身边不乏穷奢例，都是痴顽费琢磨。

2021 年农历十月二十一日于郧西

鹧鸪天·读彭部《内伤》生感

骨瘦秦头已出名，皆因虎斗与龙争。龙耽好穴慵鸠占，虎怕旌麾戾者擎。

防既设，愤难平，阴言毒语网雷轰。无缘搭档终离散，谁不心疼失锦程？

2021.9.4 于郧西

鹧鸪天·闲说鱼玄机

一见钟情疑误云，色姿生意恐当真。青梅竹马成无几，媒妁夫妻遇却频。

鱼女事，问庭筠，倾城颜值白怀春。镜花水月皆虚幻，怎学玄机自毁身？

2021.7.28 于郧西

一七令·钱

钱，缺苦，拥欢。花费易，挣维艰。能使家旺，可教礼掀。正渠无噩梦，旁道有遗愆。长积熟人也躲，广施情壑难填。肯将仁德放心里，定会终宵睡得安。

2022.2.19 于郧西

翻香令·懿心难修

常愁人老性情偏，嘴招目惹自寻烦。阿谁错，唠叨再，脑海中、只有我超然。

这才离客几多年，横骄脾气更翻番。甚乡故，何师友，欲潮来、无意惜喉咽。

2022.3.1 于郧西

鹧鸪天·观电视剧《人世间》有感

剧好尤当着意看，清宵静守视频前。昆哥兄妹沧桑遇，恍若今吾在里边。

家境苦，道途艰，明知委屈强吞咽。真情演活忠和孝，每每教人泪潸然。

2022.3.2 于郧西

千秋岁·明前观剧感怀兼寄母亲

静听天籁，名叫《妈妈在》。词贴切，音轻快。哼歌形影出，揣意存疑解。刚吟罢，身旁顿觉慈容再。

处事平常态，委屈能禁耐。何困苦，均无碍。齐家人起敬，化结邻崇拜。还须问，儿孙有你多光彩！

2021.3.24 于郧西

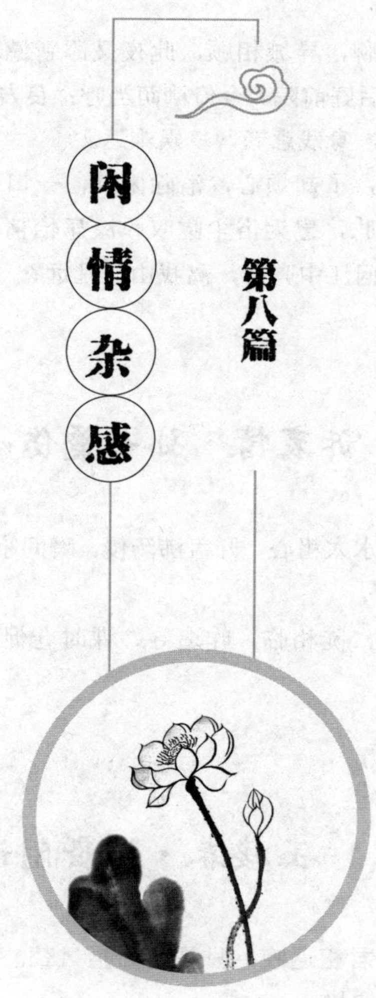

第八篇 闲情杂感

过秦楼·怀秋寄人

对月思聊，异城相顾，此夜又添新憾。髫龄折桂，壮岁猜拳，笑逗后庭前院。今倚柳荫当呼：良友高朋，啥时能见？怕韶光已逝，身残意老，梦娱难返。

都羡慕，了却烦心，消除闲气，一口饭香茶暖。书房码字，卧榻鼓肱，岂为俗尘嗟叹！康乐怡情，子孙谁不舒松，该无遥念。问江中亮影，离我山居几远？

2019.9.3 于武昌

诉衷情·孙女烫伤小记

外公倒水太粗心，开盖沸汤侵。瞬间小臂红破，疼得我、直呻吟。

思这事，陡相临，咋追寻？课时仓促，恐误安排，岂怨当今？

2019.10.30 夜于武昌

玉楼春·惊蛰闲话

莫恨东君相遇晚，只是九衢拦凤辇。癯仙临谢厌梳妆，俏柳正抻思客捻。

攘者皆将惊蛰盼，不信苍天无法眼。等闲悉晓四时轮，岂怕韶光离我远！

2020.3.5 于郧西

玉楼春·微谈寄耆老

临镜未窥先咋舌，生怕移身花甲列。现今当近古稀龄，何感神亏中气竭。

田赋山诗情性悦，浊酒清茶风味别。尊凡崇雅淡浮沉，福寿向来凭己捏。

2020.3.6 于郧西

行香子·九尽感春

九九长冬，今日该终。沐春晖、冷意无踪。荆襄宁靖，解我怔忡。急老朋聊，新朋问，远朋逢。

刚惇酒兴，沉稳茶风。早相期、共盏同盅。韶华易逝，芳景难重。趁海棠开，山樱坼，杜鹃红。

2020.3.11 于郧西

渔家傲·耆老相感

眼拙发疏何窘急，谁人不受年时逼。回望行程常愧忆，休惋惜，总该胜我关西谪。

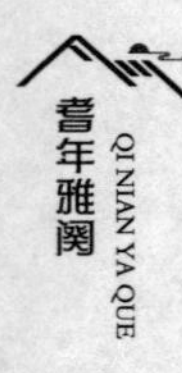

一碗陈醋疗痼癖，几张铅字安忧悒。名利能将初志抑，应惕厉，老来多向陶翁习。

2020.4.11 于郧西

鹧鸪天·元宵有寄

半月蜗居笔未停，时常触网露峥嵘。寒晨费押《晴偏好》，湿夜难填《醉太平》。

词守律，韵依声，清歌雅唱鉴真情。但凡觅得心仪句，便与同侪晒小成。

2020 年元宵节于郧西

忆少年·梦中兴叹

荒爬觅笋，湿沟采茜，阳坡捉蝎。顽童不知苦，是书钱交叠。

转眼青丝成白发，晓双亲、几费心血。虽穿一身紫，却光阴如瞥。

2020.2.14 于郧西

鹧鸪天·术后寄想

痛楚还当一月前，太和胸外几迍邅。畸形占位频侵肺，异物沉腔继损肝。

医语紧，我声残，去留维谷虑身安。狠心割却疏生赘，方有盈余快活年。

2020.9.3 于郧西

感恩多·心语

每逢哀痛处，亲友皆相顾。问医还觅方，解忧伤。

接踵床前进劝，别惊慌，别惊慌。有我同祈，病魔无胆猖！

2020.9.14 于郧西

感恩多·榻前听嘱

一张油黑影，教我心难静。陡然生肺疮，甚恇恇。

幸得涛哥话解，有殊方，有殊方。病灶清除，岁稀应吉祥。

2020.9.14 于郧西

醉太平·无钱汉子难

堂堂俊男，言和貌谦。而今何此难堪，若趋僵冻蚕？

身由孽潜，求医再三。巨资无处分担，问于心孰甘！

2020.9.21 于郧西

鹧鸪天·太和医院五十五周年心寄

汉水郧山一小龙，能潜善跃敢争雄。精医八百堂堂阵，嘉誉连番赫赫功。

珍创始，慎图终，岁临耳顺更从容。悬壶济世天伦责，不使苍生望眼空。

2020.9.21 于郧西

诉衷情·秋分日见丹桂复开答人

一场透雨蕊重重，秋半返新荣。梅开二度当信，丹桂好难逢。

长旱日，久熏风，咋由衷！极端天候，凉热非吾，孰不依从？

2020.9.22 于郧西

谒金门·春阑花诉

君欲去，啥计可将留取？天赐姻缘拴不住，怅情添几许。

原本互为朋侣，眼下只身孤语。若是讨嫌无兴趣，起初何付与？

2020.4.30 于郧西

谒金门·纠心小恙

疼难忍，长夜体僵神困。双脚伸踡偏引愠，独睁难自问。

微恙未详思忖，一早诊催堪紧。不怪骨医施利刃，只缘余鲁钝。

2020.5.1 于郧西

谢池春·生日忆旧

梦里老家，还是那间茅屋。冢拦门、临更犯怵。冢鼾西壁，又何曾孤独。况群蛙、鼓腮相续。

桐仁弱亮，伴我床前温读。一重思、几番悦服。诗书香枕，与贤人同福。愧如今、似丢纯笃。

2020.5.3 于郧西

诉衷情·闻女儿履新寄言

遥听古郡递佳音，顿觉好开心。经年曲路辛履，从此罢、少愁侵。

追过往，悔轻箴，思难任。触机无备，纳福随敷，抱愧于今。

2020.5.27 于郧西

如梦令·孙女六一扇绘

未买金丝银线，无备绫罗绸缎。只想逗蜗牛，玩得意舒眉展。调侃，调侃，一把引风团扇。

2020.6.1 于郧西

鹧鸪天·夏至天象

角解蝉鸣半夏生，天长夜短藕花盈。七星斗柄朝南指，一晌流光向北倾。

雷阵雨，费调停，时来时往孰分明？休言隔埂无均露，该信同途有喜晴。

2020.6.13 于郧西

感皇恩·端午

流俗几千年，至今依旧。一束清香溢门右，满堂爱味，尽享舒心昏昼。嗣贤能会意，成传手。

红桨催舟，雄黄敛口。半桶兰汤洗尘垢。念思撑粽，重向汨罗长叩。鼠年人事紧，祈孚佑。

2020.6.17 于郧西

凤凰阁·华西聚忆

芙蓉南苑，一次开心小酌。路遥岂负先前约？相叹耆龄逼近，光阴难捉。不早见，谁都念着。

顽童蒙少，趣事桩桩似昨。履途从未停双脚。家计业计身计，何理推托。好机会，休教再错。

2020.6.23 于郧西

鹧鸪天·小暑物候

欲躲温风蟋蟀藏，老鹰嫌热挚高翔。出梅雨欠农家急，入伏晴多桐扇忙。

天渐闷，暑趋强，几天半月更难当。若无杂念心清静，即使炎炎亦感凉。

2020.7.3 于郧西

踏莎行·大暑忌躁

赤日烧头，热风熏面，朝闷夕溽谁无倦。又逢雷暴数重欺，天公作意何轻免？

性躁伤肝，心宽沥胆，皆知物候因时变。平和相处惜阴晴，纳凉不只摇摇扇。

2020.7.20 于郧西

诉衷情·闲聊兼赠炊翁

人生总遇日偏中，何要久争雄？非知心力相称，或愧叹、老无终。

襄请托，必身躬，忌盲从。欲为先审，执事防微，万莫邀功。

2020.12.29 于郧西

水调歌头·新旦咏怀

梅笑一元始，大地待芳春。鼠庚多少怀忆，回想总销魂。疑虑欣然消去，悬想已成现实，举国不忧贫。两个百年梦，一个已成真。

颁法典，兴改革，顾生民。别愁浪搡风搅，几着定乾坤。乐见江船行稳，更喜远图正壮，兆庶有精神。犹感东风俱，华夏又争新。

2021.1.1 于郧西

还京乐·依美成韵怀友寄人

暖人句，像把悬焦晃腑重揌理。正迎牛辞鼠，恐将一载，深期靡费。立风端云际，应知大任天相委。树德业，唯有付出，方无悲泪。

梦源于底，吮中华泉脉，香甜苦涩，皆藏生活韵味。当初践履娇儿，甚因缘、妆梳桃李？想而今、何以报江东，羞言故水。晓夜家邦影，谁怜心处忧悴！

2020.1.6 于郧西

柳梢青·初春情结

对鹊欢歌，双莺竞跳，高柳抽芽。沐雨红梅，知墒雪李，尤显芳华。

心君不恋鲜葩，却执意、孤待静衙。滨岸新俦，长亭故侣，都晓春嘉。

2021.2.14 于郧西

惜春郎·逛春思人

几年无见如花女，晓现今何处？诗坛酒肆，剑池芳榭，每每思汝。

渐觉衰龄犹水去，想约亦难聚。趁好身、再撵时新，别让寸光虚度。

2021.2.19 于郧西

祭天神·劝放下

记那回相遇多潇洒，腰身直、双目凝神，谈吐尽知文雅。专心细琢，尽是怡情感人话。今重约、容貌依然，似觉鬓斑喉哑。

伴星辰来复，健康不啻连城价。料君刚逾耆龄，还能几拼打？况儿女声甜，荆妻衣暖，有何事、值得长牵挂！

2020.10.29 于郧西

秋夜月·那年那事常醒悟

无曾缄口，弄急了、当年跑堂衙副。夹缝中，找碴行绊堆人咎。倚车旁，筵席里，顺着徒儿拼凑。量窄实难消受。

新苗挺秀，拔节步步艰，况雨欺风蹂？自壮眼宽身正，放胆担负。俗尘事，休在意，始心应守。岁不虚来，道该看透。

2020.11.1 于郧西

秋夜月·赏秋念旧

团团栌火，映长空，镶近水，山川如抹。野菊千睛同眨，鞠颜尤可。松晶闪，桐霜滴，艳阳才裸。清境、更胜夏枝春朵。

原曾相诺，挽仙乡，聊净邑，仲秋为妥。未料吟身难启，至今仍各。爽心天，怀忆月，还余几个？再期、唯恐又将时错。

2020.11.3 于郧西

兀令·人在异城

歆慕邻家光景好，子呼孙叫，常有哄堂笑。伴亲往朋来，纳福何烦恼？闲日巷口观棋，竟替人挪炮。快活天如秒。

极怨遥佣催我老，一夜苍貌，应是生城扰。想寄旅单身，宛似无根草。拾得锅碗瓢盆，相奏宽心调，问几时该了？

2020.11.14 于郧西

鹧鸪天·夏日闲想

夏至光临热事连，再能未必奈何天。才逢日出分墙垛，又遇霖来隔垄田。

经万象，历千般，谁人不会解疑团？金睛熟手多行正，大意粗心易走偏。

2021.6.14 于郧西

鹧鸪天·六一三记事

十堰堪称舆马城，风侵霜洗更神灵。东询可得茅庐计，西顾该知紫阙经。

甄变故，勇担承，临危善补最开明。八方携手同施救，社会何辜一母生！

2021.6.14于郧西

锦缠道·梅酒异说

煮酒青梅，一出沽名游戏。叹今人、眼无平视，信然矜诩存身贵。满腹牢骚，伯乐该辞退。

问狂言我兄，德才何配，滑飘飘、要津当值？劝可听、休再迷途去，慢尝多品，想那操和备。

2021.6.17于郧西

八声甘州·赏莲遐想

看田田菡萏又争红，漫夸我清纯。但游蜂痴蝶，飞来荡去，应有留痕。叶色秾肥淡瘦，给养不均匀。何况菱茎别，无必专论。

可笑先生睛拙，凭一窥管见，能否三甄！料茫然推揣，安得秀才身。欲为师、书涯超越，想作徒、尤忌囫囵吞。修齐事、怎如荷赏，朵朵都新？

2021.6.22 于郧西

荆州亭·快乐退老

茅屋依山傍水，空廓育兰兴桂。常有挚朋来，品茗聊天相慰。

人老怕心颓废，就得天天怡美。高寿管他何？当下休敷自己。

2021.6.26 于郧西

误佳期·荷村空约

绿盖层层蓬起，菡萏天天嬗递。有心相约晓凉初，半晌无逢你。

听说隔山遥，再问贪盅醉。一场好聚未偕行，白使嘉时废。

2021.6.29 于郧西

鹧鸪天·怨者当寻解

一副皮囊几十年，恐将酒肉又虚填。钦他能演空城计，恨己无纾冷阙冤。

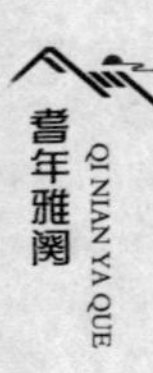

人世故，理休偏，生来何为利名牵？儿时那点清纯劲，今个当真不耐看。

2021.6.30于郧西

华清引·艾浴堂异思

千年艾草是偏方，户户都藏。现今看若珍宝，街街设浴堂。

客来戏说幸莲汤，做回宸宇娇娘。别嫌身份贱，流运也呈祥。

2021.7.4于郧西

梅花引·端阳俗思

端午节，千年设，今时仍如往时烈。大江河，小山窝，为敬屈原，施祭殊方多。

一呼百桨龙舟赛，万户同青插新艾。粽当包，酒该调，存问于心，可记那《离骚》？

2021.6.7于郧西

夜游宫·帝豪故人聊

【序】芒种日，应涛兄帝豪相邀，与四十六年前同在田庄大队（现箭流铺村）任职的大队书记洪文品、大队长熊桂花、副书记王恩远等畅聊往事今感而得。

无想机缘恁巧，阁楼聚、没谁迟到。欢叙田庄共勺舀，四人谈，一圈听，哄堂笑。

你我何言老？岁虽异、心情都好。相感当今福光照，住房忧，就医难，均已了。

2021.6.6 于郧西

行香子·芒种异想

才见螳生，又遇鹃鸣，也将疑、反舌无声。阴阳相续，暑热加增，属乾之象，坤之迹，物之情。

年年如此，应无殊变，既违常、难免担惊。区分急缓，善重娴轻，别观人色，揣人意，被人坑。

2021.6.6 于郧西

缑山月·端午兴怀

岁岁过端阳，户户箬粽香。今人皆为左徒伤。纵炎炎仲夏，寻上艾，调烈酒，照如常。

秦关何日归荆楚，应是一生望。忠君报国岂彷徨！诵《风》《骚》可感，求索志，英雄气，好刚强。

2021.6.10 于郧西

献衷心·祀祖当虔诚

又纷纷时节，山路难行。穿曲径，走柴荆。料祖坟荒落，苍草枯英。遥距隔，琐事搅，误清明。

身渐老，祭心增，更惆儿女问爷名。悔那些年岁，将此看轻。人所责，他所怨，泣无声。

2021.3.26 于郧西

别怨·宿诺如梦

门对东西，岁相当、人誉青梅。奈何兴业路，匆然一隔见无期。几递云笺静俟回。

退老悬心事，都成梦、愧悔难追。春阑又复，花开花落凭谁？不如先撒手，寻自得、莫轻推。

2021.3.31 于郧西

一萼红·春分揣意

仰前人，用阴阳法则，预候验如神。玄鸟归来，惊雷作兴，时令飞逝三轮。昼和夜、短长相等，屈指算、还剩五分春。柳叶如眉，青梅若豆，万物争新。

农者别无他念，处耕忙关口，雨比油珍。胎麦圆茎，移蔬返绿，甘露难得均匀。更有那、待播香稻，仍期想、暖尾冷头真。唯愿天人协和，不再忧贫。

2021.3.18 于郧西

好事近·春阑兴叹

不想让春溜，常候岂能延续！芳事几回推却，亦搅人心绪。

偏村远邑景千重，都有个中趣。熟识四时天象，怕光阴难驭？

2021.4.30 于郧西

锦缠道·旧钢笔

梦里抄书，又用那支钢笔。指间交、好多经历，至今仍旧常怀忆。不是家珍，也算随身戟。

想寒窗答题，两心无隔，偶争阶、你何生急。应世情、名姓都抛去，主人呼唤，岂能消极？

2021.10.18 于郧西

解佩令·冬天来了

栌红亦好，菊黄亦罢。即开冬、温度走下。溪水如冰，地被风摧霜打。草丛里、锦鸡害怕。

朝忧寒浸，暮耽凉耍。小阳春、总费招架。捂脱随人，善备才无惊讶。雪将来、能说是假？

2021.11.7 于郧西

酷相思·好约偏教风雪搅

一夜寒流成困阻，雪来急、还封路。这新变、先前谁酌估？欲践约、难挪步。欲背约、何留步。

作意相邀曾几度，遇事隔、终耽误。再期会、年时须细数。身未恙、能安处。天正惬、能安处。

2021.11.7 于郧西

清平乐·无题

曾经豪语，似把佳期许。谁晓突临风夹雨，乱了先前密缕。

长宵横榻无眠，心如波浪腾翻。那场鸿门不应，何来荣榜轻删！

2021.11.21 于郧西

思归乐·梁桥异思

听像郎君吹牧笛，音曲婉、教人哀戚。岁岁渡河堪费力，况铁定、每年唯一。

据说如今桥网密，不用数、顺流相匹。往后再无天堑隔，细琢磨、此生消得。

2021.8.6 于郧西

徵招·秋事多多

绵绵阴雨无停意，心思几人言好！太极独房檐，似拳拳空捣。未听乌鹊叫，一时间、忘寅丢卯。舞诺虚悬，饭邀推却，故常生搅。

横祸岂单行，天何屈、华城僻乡都闹。陡郑邑呛洪，又柳林浸泡。汉江加急报，怕当际、汛情难了。孰能解、每每秋来，遇恁多烦恼？

2021.9.3 于郧西

玉漏迟·金秋赏桂兼寄老友

桂开晴日好，枝藏叶掩，溢香难罩。动指轻掰，黄蕊绿茎相咬。瓣若齐肩姊妹，聚成团、尽情争巧。尤绝妙。阔街深巷，攘熙多少。

未忘故里中秋，共树下聊茶，镜中寻鸟。那种风姿，岂可翻来重照！今是季花又复，旧朋约、能无心跳？如所料，游谈不言吾老。

2021.9.15 于郧西

好时光·月圆两地思

每到生辰秋半，人聚否，月都圆。思处倚窗情不已：辽西几日还？

世事何意料，卫戍急，责如山。复约仍将改，际遇等来年。

2021.9.16 于郧西

一落索·费思节前雨

复雨绵绵难了，节来约到。一年一度月圆时，却被你、轻萦搅。

隔岁水情狂闹，通途哪找？如今世事变为常，顺天意、闲愁少。

2021.9.19 于郧西

好事近·枝叶叹秋

柳老叶身轻，生怕被风吹着。相系绿荫时短，就匆匆成各。

空枝怎耐冷宵长，今感不如昨。守住一丝元气，等来年重约。

2021.9.29 于郧西

鹧鸪天·致建桥六十四岁生日

九月黄花次第开，缘何与我结同侪。风欺霜袭香无减，骨老筋疲志未衰。

勤积米，善筹柴，吃穿用度巧安排。为妻为母兼而顾，创出居家景福来。

2021 年九月初三于郧西

水调歌头·寄感重阳节座谈会

逸趣座谈会，相感暖融融。连年于此，何觉今日恁轻松。书记挨身陪坐，县长专心记写，退老说深衷。发展大家事，我得做先锋。

生态垒，产业碍，靠谁攻？现时征验，思浅才缺尽成空。乡振村兴在即，文旅尤须和洽，航道必疏通。舵桨共施力，岂怕突来风！

2021.10.12 于郧西

千秋岁·结婚四十年兴怀

年逢辛酉，日子挨重九。南苑桂，西堤柳，欣然栽一处，快乐牵双手。今屈指，已成卌载相濡友。

不论财贫富，何议人愚秀？情笃实，心通透，家兴凭逊让，业固须坚守。拥真爱，谁还追想南山寿！

2021年九月初七于郧西

夜合花·鹊乡聊喜鹊

流火初秋，众星拱月，悉知今夕何宵。可钦驳鸟[①]，依然舍得身腰。任踏踩，不唉号。更通情、仁善多操。织牛年聚，人间谁想，你做悬桥。

当下好令吾骄，看红衣小队[②]，时巷时坳。甜声喇叭，听来怅散愁消。心气顺，宅风调。域和同、无事难敲。此生祈许，只图奉献，鹊故当豪！

2021.8.5于郧西

【注释】

①驳鸟，喜鹊的别称。

②红衣小队，指郧西团县委组织的“小喜鹊”志愿服务队。

朝中措·吟梳

家中常物不生疏，还恤镜奁孤。每顺青丝银发，使人意爽心愉。

黄唇黛齿，柔肩协背，气色新殊。桃木辟邪身贵，香檀却恋茅庐。

2022.1.17于郧西

鹧鸪天·县委迎春慰问写怀

密雪纷飞未觉凉，平炉笑炽岂寻常？通红福字中厅挂，幽雅真言满目藏。

留语简，寄情长，尤欣牛岁又争光。春来早拟图新计，自信壬寅更吉祥。

2022.1.29 于郧西

青玉案·壬寅上元夜

凭栏未见明明月，湿冷夜，风还烈。向往花灯千巷叠，鼓摇龙耍，各家争接。今却都存缺。

陡然记起同宵悦，合桨相撑小船拽。最是仙城谜底绝，一笺情趣，满怀欢惬，谁肯轻言别？

2022 正月十五深夜于郧西

胡捣练·雨后惜樱

雨来风过叹春樱，没了先前容色。发乱钗斜衣湿，无面迎佳客。

知天千变不由人，境遇谁能猜测？尤恨扎心疾雨，久把苍生逼！

2022.3.19 于郧西

千秋岁·逢雨兴怀寄旧

一场新雨，犹似甜甜乳。清燥热，除烦绪。人无情势逼，秫有匀墒遇。天道合，消消长长凭时序。

莫为风波急，应少流言惧。心境阔，多朋侣。虚名何猎获，浮利非君取。谁否认，德高不是先施与？

2020.6.10于郧西

忆旧游·茅屋怀想

用桐仁作亮，稻草铺床，忧乐清宵。偶尔豚鼾起，共田蛙合奏，亦觉陶陶。土墙费贴平纸，难免凸和凹。遇骤雨疯来，檐流窗漏，最使心焦。

休叨。复相问，那苦读之门，谁可轻敲！纵窘穷家境，更畸形残体，多出文豪。断须刺股佳话，犹记老师教。历览古观今，何贤不是离坎超？

2022.1.4于郧西

探春慢·春日异思

听说春归，朔风渐软，梅催河柳生绿。五九才休，元正刚过，仍见亲朋拜祝。今是壬寅始，理当去、东方迎旭。一阳终有形神，虎威相得兴复。

谁怨东君来晚？知荷重汗牛，山草难牧。点发时瘟，惊人妨事，更搅阖盘棋局。怎对先前约，又使我、平添眉蹙。变故无常，应朝何处祈福？

2022.1.9 于郧西

天净沙·棱桥惨幕

落桐怪柳鸣鸠，竖棱阴冱琼楼，浪里呼儿少妇，祸从天降，一家还剩谁留？

2019.10.27 于郧西

诉衷情·悼华才兄

柱倾梁断寸香间，况岁未耆年。一生磊落风节，傲楚塞，响秦关。

朋友念，子孙牵，好心酸。气和容貌，出众才华，梦里详端。

2020.3.10 于郧西

秋蕊香引·悼黄新翠女士

留不住，亲怜邻惜，子呼孙喊，却执意，登鹤去。好人怎缺南山寿，问天理何序？

哀痛里，似觉轻言细语。惹思绪。此回一别，竟是天涯距。眼前事，心中急，有谁相顾？

2020.2.21 于郧西

行香子·悼李功贵同志

山涧垂青，云鹤低鸣，料苍天、最是同情。龄方花甲，抱恙难醒，失掏心友，勤廉吏，谦和兄。

扶挼棺椁，重牵旧忆，说为人、君子交称。孜孜以学，苦苦耘耕，鄙惜腰身，重私利，恋虚荣。

2021.6.7 于郧西

诉衷情·庚子腊月初七送小舅母登仙怀忆（三首）

其一

今搀舅母去东山，顿觉好心酸。平生茅屋孤院，何享太平年？

抚育苦，稼耕难，一番番。儿孙名望，家计丰盈，教你熬煎。

其二

未曾忘记少年时，多受你恩滋。自甘粮缺油歉，不让我啼饥。

甜薯片，涩柿皮，总相携。春来冬去，短住长待，俱感心怡。

其三

亦常叹惜那条沟，窄狭使人愁。耕坡砾密光少，庄稼几多收？

泉缺水，屋当修，款难筹。含辛茹苦，日夜奔劳，从未低头。

2021.1.19 ～ 2021.1.20于郧西

诉衷情·悼亮兄

惊闻兄长已升仙，老泪忍堪难。不知身得何恙，竟走恁匆然。

多少事，涌波澜，对谁言？寻柴风趣，阅读奇思，犹在跟前。

2021.4.10于何家湾

醉春风·怀念昌友

耳顺无多久，因何匆遽走？曾经相许共余年，友，友，友。知冷妻儿，感温乡朋，岂能离右！

故里官风秀，农校师德厚。小城知你寸心仁，仆，仆，仆。毛獭南峰，六郎关垭，为君垂首。

2021.3.22 于郧西

端正好·痛惜那人不缄口

亦厌乖君谈天口，逢开匣、聊个无够。地南天北豕和狗，脸说青、眉听皱。

席间依然如雷吼，何曾管、他人难受。尤将抱怨纵情抖，自不堪、还伤友。

2022.6.13 于郧西

丹凤吟·犟性伤人更害己

经日禅房盘坐，怅己多哀，钦他多乐。茫茫人海，难必独吾荒角？三江好水，马嫌车弃，五嶽名山，何邀何约？岁老都期共处，可叹当今，犹似尘舞萍泊。

也想扪胸反问，颈窝发色能自摸？素有孤芳意，又逢谈夸口，诸事难托。时来浑语，狠过几回拳膊。一旦芝权争到手，咋轻教旁落！这尊佛主，谁肯常敬着？

2022.6.17 于郧西

摸鱼儿·聪慧干中求

想曾经，好些机会，丢于轻看松握。从来岁月如流水，何况见稀知薄。难挡错。纵努力、亦无点滴教人乐。回回踌躇。等雨过天晴，风清气朗，卷袖再拼搏。

常怀忆，初次充当配角，谦诚招惹猜度。层楼封顶钱途邈，唯恐又遭奚落。谁尽琢？为官就得多谋略，才防蹩脚。欲取得声威，修成德业，然必干中学。

2022.6.22 于郧西

沁园春·仰巴社长山乡情怀

烈日当头，漫汗腌睛，暑气逼人。纵遥遥千里，有邀必至；炎炎卌度，逢唤咸遵。诗社镶牌，吟坛开赛，快乐归农笑语亲。郧西事，总牵肠挂肚，引梦勾魂。

开言如数家珍，逸兴处，情形更出神。那秦关楚塞，肥羊嫩草；沙沟香口，稻畈蔬屯。织女推梭，庞牛望月，尽感仙乡物色新。今来此，又田歌共拟，强邑殷民。

2022.7.2 于郧西

且坐令·实话实说

难揣度，世渐人情薄。起疑忘了先前约，视我为疏陌。换脸匆然，寻由婉转，深衷费琢。

来去想，雅心何错？身将朽、避闲寞。诸君该懂其中乐。应力助、休推托。岂能施堑拦行脚！事临详斟酌。

2022.7.9 于郧西

小镇西犯·热恩难抑

僻乡炎热劲，谁人可估。推门试、哪为佳处？连日犹钻甑釜，气蒸汤煮。摇纸扇，浑身仍汗注。

问雷雨，又何方撒泼，劳人吃苦。却留吾、这般长暑！最急苗焦能炬，万顷同诉。三秋后，咋兑先前许？

2022.7.10 于郧西

卓牌子近·难忍伏前旱

暑日难熬，未逢这等新怪。梅雨季、天天晴晒。风热气闷云乖，雷公慵怠。尤是放眼秋穑，终受害，还无奈。

北畈畦畦瓜菜，藤蔓近枯萎，我吁贾嗳。市价飙升，谁家可抑不快！伏将始、渴心何解？

2022.7.13 于郧西

家山好·耕者寄怀

至今无悔做耕牛，娴拉犁，厌旁求。晨昏水旱随听使，不胡诌。草粗嫩，乐吞喉。

世间多少艰辛事，况是稻粱谋。人需我应，鞭鸣棒喝照埋头。年年喜有收。

2022.7.15 于郧西

小重山·羊柔亦可爱

都说羊儿天性柔，与谁能作伴、怯争头。明明饥腹又纷抽，仍忍着、香秣让勤牛。

前次赛名优，堪称方域一、却遭抠。幸亏胸阔可装丘，精神在、终会拥芳洲。

2022.7.16 于郧西

翻香令·通透人生不怕欺

人生皆有瞀惛时，白驹过隙了无知。求穿着，贪豪饮，欲念多、是处费矜持。

面临常理怎相违？善调心态守谦卑。淡名利，修文雅，让余年、难再皱双眉。

2022.7.19 于郧西

思归乐·灾后闲愁

山坳祈来桑柘雨，浇解了、农家烦绪。一夜稻禾枝叶鼓，顿止悸、有灾能补。

毕竟当今非稳富，产业事、几成难估。若让老天常绊阻，不返贫、恐胸无数。

2022.7.20于郧西

洞仙歌·庸人自扰

人无敏悟，感途程疲累。惯看虚荣好珍贵。了然情、竟逗嫌怨填胸，言出偶，平惹严尊介意。

可怜寥落后，孤住偏庄，还得躬身弄柴水。更惧病飞来、哪觅岐黄，穷拖状、晓多狼狈。想过往、谁都不宽饶，痛眼下、该修一丝追悔。

2022.7.23于郧西

黄鹤引·聊天兴怀

春光虽好，不掩容颜渐衰老。麦畦瓜垄经年，由衷生傲。笼中稚鸟，怎具长空鸿抱！有今天，自是时代荣滋关照。

期约已凝心，谁惧风霜搅。管他斜眼横眉，埋头寻道。无曾悔懊。休说旅途还早，但难禁耗。未竟事、何时能了？

2022.7.25于郧西

阮郎归·敬和子瞻《初夏》

喜听窗外一声蝉，无心再抚弦。移身廊道柳如烟，谁思交午眠？

河鲤荡，沼蛙翻，飞乌尤爽然。南风邀我掬凉泉，和君清影圆。

2022.5.7 于家竹

檐前铁·女儿卌岁生日有寄

想姑娘，过了今晨，当无困惑。一天天、小树已丰圆，还显栋梁风色。江城学，荆州闯，细合计、酸辛值。

朝前看、路程遥，步履仍存忧惕。常提醒、世人皆被年华逼。纵有千金，哪买寸光阴？来不及。

2022.5.25 于郧西

千秋岁·敬贺邓兄八十寿诞

想来荣幸，能遇仁兄邓。床共室，杯同井。前庄催欠款，狮子查超孕。经年里，佳声懿范教人敬。

临难腰身挺，处变心神定。才识广，官风正。当班无嗜欲，退职常憧憬。龄虽迈，鹤姿松态仍刚劲！

2022.6.9 于郧西

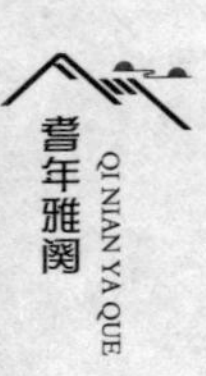

满江红·敬贺功益兄七十华诞

奋骏腾骧，千里者、理当功益。寻路早、遇艰逢险，最能开辟。传道堪称师典范，爱民宜作官标格。声与威、街巷广争夸，和谦德。

为退老，无忧悒；从侍仆，尤拼力。纵江遥山远，也教身及。闲处摹填长短句，忙时未搁玲珑笔。喜如今、壮健若骅骝，仍飘逸！

2022.6.10 于郧西

献衷心·头冥节施祭

又纷纷细雨，山路难行。掀刺棘，踩悬藤。望旧坟新冢，幡吊层层。施祭礼，申孝义，好虔诚。

依岁俗，有三冥。世人尤重是清明。每拜台低诉，全是心声。饥给食，蒙得育，怎忘情？

2022.4.3 于郧西

鹧鸪天·痛悼文津老弟

天下皆知扁鹊神，扶伤救死总怀仁。囊中百药能醒脑，手里千方可返魂。

追细故，索详因，如何未叩上医门？昨还夸你笙歌亮，今却无从仰弟尊！

2022.4.7 于郧西

后记

给集子起名《耆年雅阕》，主要基于这些方面的考虑：从大处说，我们恰值建设中国特色社会主义伟大事业的新时代、中国共产党百年喜庆、新中国70多年光辉历程纵览、扶贫攻坚鏖战收官、全面小康期愿了却等大事要事喜事，谁都可能有不同的感慨需要回望和总结，况且自己已退休多年，一辈子的抱负或梦想能亲眼见到实现，最想用特殊的语言以表情述怀。从小处讲，这几年身体出了些状况，比如肺气不畅、冠脉阻塞、眼见蚊飞、耳响蝉鸣、足生鞘囊等，时而甚是难忍难熬，有了诗词这个雅好，能坚持外出采风，与人畅聊，伏案写作，好像疼痛也减轻了不少。所以，当特殊的时代、特殊的年份、特殊的事件与特殊的偏爱一起拥来的时候，也就有了这本书的诞生。

但诗集的创作、结集、编审、付梓，并非是我个人所独有的什么能耐所致，她凝聚的是许多人的心血。新时代及其诸多的采写对象所赋予的创作源泉和灵感冲动，《湖北日报》《湖北诗词》《荆楚田园诗社》《十堰日报》《大岳诗盟》《天河诗苑》等多家媒体所搭建的作品展示与质量提升平台，多位领导在多种场合为我提供的温情剂、定心丹，都更加坚定了我的创作信心。还有县委办、人大办、政府办、县委组织部、老干部工作局、农业农村局、统计局、县文联、县诗词学会、有关乡镇以及富琦工贸、吉颢信息、博创传媒、裕华兄弟等单位给予的积极支持和帮助。多年来，还一直得到许多老领导、老师、老同事、老同学、亲朋好友及家人们的

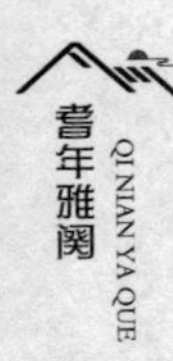

关心和厚爱，在这里最当一一致谢！

书稿成型后，又得到省市诗词界几位专家学者的关心与指导，《湖北日报》高级记者、省诗词学会副会长兼秘书长巴晓芳先生欣然为此书作序；十堰市广播电视台主任编辑、湖北省中华诗词学会常务理事、市诗词学会常务副会长余功辉先生在序言中由衷褒扬"一腔诚挚赋乡梓"；著名诗人、十堰市楹联学会会长、十堰广播电视大学原党委书记王学范先生也为本书撰写评论；著名诗人、湖北工业职业技术学院副院长、十堰广播电视大学党委书记严永金先生亦在评论中尽情细说诗集"丰采人生的诗意表达"；著名书法家、十堰市书法家协会会长黄家喜先生和舒同体青年书法家李富聪先生等也发来精美的书法作品，为本书添彩。这些老师以他们渊博的知识、独到的见解，从不同侧面对作品进行了检视、批评和润色，他们的鼓励和鞭策、包容和期望，都是我平生难得的无价之宝，我将铭记在心，倍加珍惜，更要在今后的创作实践中，以实际行动向他们感恩致敬！

我确实期想着这本书能给读者们带去一丝惬意，但亦时时嗟叹自己知识浅薄，书中的缺憾与错误肯定不少，怕耽误了大家的宝贵时间。恭请诸位多加批评与指导。

作者

2022.4.23于郧西